Le jeu d'une amoureuse

PIPPA ROSCOE

Le jeu d'une amoureuse

Traduction française de
JULIETTE FUHS

AZUR

HARLEQUIN

Collection : Azur

Titre original :
PLAYING THE BILLIONAIRE'S GAME

HARPERCOLLINS FRANCE
83-85, boulevard Vincent-Auriol, 75646 PARIS CEDEX 13
Service Lectrices — Tél. : 01 45 82 47 47 - www.harlequin.fr
ISBN 978-2-2804-5680-7 — ISSN 0993-4448

Composé et édité par HarperCollins France. Achevé d'imprimer en juin 2021.
par CPI Black Print - Barcelone - Espagne
Dépôt légal : juillet 2021.

FSC www.fsc.org
MIXTE
Papier issu de sources responsables
FSC® C159065

Pour limiter l'empreinte environnementale de ses livres, HarperCollins France s'engage à n'utiliser que du papier fabriqué à partir de bois provenant de forêts gérées durablement et de manière responsable.

1.

Premier enquêteur : Miss Keating, vous comprenez que cette interview est enregistrée et ne sera utilisée qu'à des fins internes à la Maison Bonnaire, en conséquence, vous n'avez pas besoin d'un avocat.

Miss Keating : Je crains que cela ne me convainque pas franchement de me passer d'un avocat.

Premier enquêteur : Mais vous comprenez le sens de ma déclaration ?

Miss Keating : Oui.

Premier enquêteur : Dans ce cas, si vous voulez bien, pouvez-vous nous expliquer comment vous en êtes arrivée à la conclusion que cette toile était un faux ?

Miss Keating : Comme je l'ai déjà expliqué, la peinture que j'ai pu évaluer au Sharjarhere n'était pas une contrefaçon.

Premier enquêteur : Vous avez en revanche déclaré que la peinture intitulée Femme amoureuse, que vous avez expertisée avant sa mise aux enchères dans la galerie Bonnaire à Londres et qui a été endommagée le soir du 21 juin, était un faux ?

Miss Keating : [brève pause] Oui, cette peinture-là était un faux.

Second enquêteur : Et vous affirmez qu'il s'agit d'une œuvre différente de celle que vous avez expertisée, certifiée et estimée au Sharjarhere ; œuvre que vous avez attribuée au peintre Etienne Durrántez et qui appartenait au cheikh Alham Abrani ?

Miss Keating : Oui.

Second enquêteur : Pourquoi cela ?

Miss Keating : Pourquoi j'en suis arrivée à la conclusion qu'il s'agissait de deux toiles différentes ? Parce que je suis excellente dans ce que je fais.

Second enquêteur : Nous reviendrons sur ce point plus tard. Pour le moment, pouvez-vous nous expliquer les circonstances précises dans lesquelles vous avez identifié le tableau endommagé comme étant une contrefaçon ?

Sia Keating s'était mise à respirer difficilement avant même que la sonnerie stridente du téléphone ne la tirât du cauchemar qui avait refermé son emprise sur elle. Elle se réveilla en sursaut, épuisée par la vaine bataille qu'elle avait livrée contre ses draps, qui l'avaient entravée. L'esprit encore embrumé de sommeil, elle pressentit une sourde menace. Impression qui se confirma lorsqu'elle entendit la voix au bout du fil :

— Sia, il y a un problème.

Glacée de peur, elle fut incapable d'articuler la moindre réponse à David, le chef du Département de recherche scientifique de Bonnaire. David était surnommé le « détective » dans le milieu. Sia avait beau apprécier l'homme posé et calme, il n'y avait qu'une seule explication au fait qu'il appelle un expert d'art en pleine nuit, et l'angoisse lui coupait le souffle.

— Le tableau d'Abrani. Il a été endommagé.

Elle se redressa d'un seul coup sur le lit.

— Comment ?

— Apparemment, il y a eu… euh… une altercation à la galerie.

— Une altercation ? Dans une galerie d'art ? balbutia-t-elle.

Elle jeta un coup d'œil sur le réveil : 2 heures du matin.

Quelque chose clochait. Il avait dit que le tableau avait été endommagé. Dans ce cas, pourquoi l'appelait-il, *elle* ?

— Il y a un problème avec le tableau, reprit la voix calme au bout du fil. Pourrais-tu venir et y jeter un œil ?

Pendant le trajet qui séparait son petit studio dans le quartier d'Archway de la galerie située dans Goodge Street, Sia ne parvint pas à apaiser les battements frénétiques de son cœur. La peur semblait avoir figé le sang dans ses veines, le genre de peur qui présageait la fin d'une carrière. David aurait aussi bien pu lui annoncer l'apocalypse, elle n'aurait pas été plus terrifiée.

Le « problème » qu'il avait mentionné ne pouvait signifier qu'une chose, et la même pensée tournait et retournait dans son esprit affolé tandis que les réverbères passaient sur les vitres du taxi. *Ce n'est pas un faux. Ce n'est pas un faux. Ce n'est pas un faux.*

Le tableau qu'elle avait expertisé deux mois plus tôt au Sharjarhere ne pouvait *pas* être une contrefaçon parce qu'elle vérifiait toujours son travail, non pas deux, mais trois fois. Toujours. Il le fallait. La nausée lui tordait le ventre.

Aussi bien formés que soient les experts d'art, ils devaient toujours se méfier des contrefaçons, car les faussaires étaient bien souvent de meilleurs artistes, plus dévoués et plus travailleurs - et ce pour la bonne raison qu'ils obtenaient une récompense monétaire bien plus importante. Du moins, jusqu'à ce qu'ils se fassent attraper.

Ses pensées revinrent malgré elle vers son père et la dernière fois qu'elle lui avait rendu visite en prison. Elle revoyait précisément la façon dont il l'avait regardée, derrière la table de la prison de Brixton, le corps légèrement tourné de côté, les yeux à peine brillants… Sia n'avait pas pu s'empêcher de se demander s'il avait intentionnellement tenté de reproduire par sa posture une toile de Vermeer. Un peu comme si tout, dans sa vie, dans *leur* vie, avait été une contrefaçon.

Ce n'est pas un faux. C'est impossible.

Sia se repassa en mémoire les événements qui avaient précédé son expertise. Elle avait dû s'organiser dans l'urgence parce que Sean Johnson, l'expert qui devait initialement s'occuper de la toile, était tombé malade à la dernière minute. La culpabilité lui serra la poitrine comme à chaque fois qu'elle songeait à la joie qu'elle avait ressentie de le remplacer et à sa pensée peu charitable que sa soudaine maladie était peut-être due à un abus d'alcool.

Peu importait qu'elle soit compétente, toujours précise et détaillée dans ses analyses, ce n'était jamais à elle que l'on confiait ce genre d'évaluations. Au début, elle avait mis cela sur le compte de son arrivée récente. Ensuite, elle s'était dit qu'elle devenait paranoïaque. Mais, après trois années passées sans qu'on lui ait jamais proposé une mission d'importance, elle avait dû se résoudre à admettre que sa réputation - ou plutôt celle de son père - influait une fois de plus sur sa vie.

Voilà pourquoi elle s'était évertuée à rendre une expertise absolument parfaite. Jusque dans le moindre détail. Elle avait gagné le palais du Sharjarhere depuis Athènes, où elle avait aidé ses amis Célia et Loukis à tenir une vente aux enchères caritative qui avait récolté une somme incroyable.

Est-ce que ce succès l'avait aveuglée au point qu'elle ait manqué un indice crucial une fois arrivée au palais du cheikh Abrani ? Non, elle n'y croyait pas. Elle avait tout passé au crible : la signature, la manière, la peinture, le cadre… Absolument tous les détails correspondaient, jusqu'à la moindre variation dans les degrés de couleur et l'épaisseur des couches de peinture. La lumière noire n'avait rien révélé d'étrange. Surtout, son instinct naturel avait émis un jugement sans appel que corroboraient tous les indices. Cet instinct lui disait qu'elle se trouvait face à un véritable Etienne Durrántez, l'un des artistes les plus célèbres du XXe siècle. Peu lui importait de savoir qu'un tel tableau se vendrait à plus d'une centaine de millions de livres. Seul le tableau en lui-même comptait à ses yeux.

Un tableau d'une immense beauté intitulé *Femme amoureuse*. L'inconnue représentée regardait le spectateur avec ce même mystère indéfinissable que la Mona Lisa. La masse de longues boucles brunes qui couraient sur son épaule était impressionnante, même pour Sia qui avait elle-même une chevelure que Titien n'aurait pas reniée. Un trait de rouge parait les lèvres pleines qui s'ourlaient d'un sourire fier, mais sans arrogance ; assuré, mais sans bravade. Ce sourire avait donné envie à Sia de rencontrer cette femme, pour comprendre d'où lui venait la profonde admiration qu'elle ressentait pour cette inconnue. Oui, la toile était si magistralement exécutée que sa curiosité allait au modèle, pas à l'artiste. Hélas, aucun spécialiste n'était parvenu à découvrir qui était cette femme. Sia avait été tellement fascinée par ce tableau incroyable qu'il était absolument impossible qu'il s'agisse d'un faux.

Brusquement, elle cessa de respirer… La provenance ! La seule chose qu'elle n'avait pas pu vérifier ! Son manager avait déclaré qu'elle n'avait pas besoin de se préoccuper des documents qui attestaient la provenance du tableau parce qu'ils avaient déjà été envoyés par mail à Sean. Une telle procédure était inhabituelle.

Mais, avant même qu'elle ait pu poser la moindre question, elle avait deviné le soupir… Le type de soupir qu'elle avait entendu tant de fois en trois ans dans ces bureaux qu'elle ne les comptait plus. Ce soupir qui précédait toujours un commentaire paternaliste sur sa jeunesse, son genre, son apparence ou son inexpérience. Son manager était l'archétype du vieux garçon qui avait ses entrées dans l'un de ces clubs machistes qui refusaient les femmes. Cette fois-là, il avait déclaré qu'elle aurait dû s'estimer heureuse d'avoir une telle opportunité, qu'il était inutile de faire une montagne d'un grain de poussière et qu'elle ferait mieux de garder sa jolie bouche fermée… Littéralement.

Bon sang ! Aujourd'hui, elle se mordait les doigts d'avoir laissé couler au lieu de se fier à son instinct !

En sortant du taxi qui s'était immobilisé devant l'immeuble de Bonnaire, elle resserra les pans de son manteau pour se protéger du vent froid de la nuit et se fraya rapidement un chemin entre les sacs-poubelle et les boîtes de repas à emporter qui traînaient devant l'entrée de service. Elle passa son badge devant le lecteur noir et tira la lourde porte.

À 2 h 22 du matin, les locaux auraient dû être déserts. Mais, cette nuit, quinze personnes au moins étaient réunies dans l'une des salles de réunion. À travers la vitre, elle repéra deux directeurs, dont l'un était en train de hurler dans son téléphone. Sia ne s'arrêta pas et poursuivit sa route vers la cage d'escalier qui descendait au troisième sous-sol, dans l'immense laboratoire qui prenait tout un étage du vaste bâtiment. Ses talons claquaient tandis qu'elle courait presque vers l'endroit où elle savait trouver David et le tableau.

Elle ignora les regards appuyés de quelques assistants sur son passage et marcha tout droit jusqu'au bureau de David. Elle le trouva devant son ordinateur, il analysait les images qui lui étaient revenues des tests d'infrarouges et d'ultraviolets avant de passer aux rayons X. Quand il la vit arriver, il se leva aussitôt pour l'accueillir et ordonna à quelques techniciens présents de s'éloigner.

Comme Sia posait les yeux sur le tableau, elle ne put retenir un petit cri horrifié. Le choc et l'horreur lui coupèrent le souffle - le tableau était parcouru de longues stries rouges. Le liquide avait la consistance du vin, et l'alcool avait commencé à se mêler aux pigments. Des traits délavés parcouraient à présent la chevelure d'ébène de la femme du tableau, et son collier d'argent se dissolvait déjà - ce qui ne serait pas arrivé si vite si la peinture avait été originale. Non, ce tableau-ci n'avait rien à voir avec celui qu'elle avait expertisé et évalué à plus de cent millions de livres !

— C'est un faux ! s'exclama-t-elle.

— En effet.

Sia se laissa tomber dans le fauteuil le plus proche, incapable de détourner le regard du triste spectacle.

— Ce n'est pas le tableau que j'ai estimé, David. Ce n'est pas le même ! Je n'aurais pas fait une telle erreur. As-tu vérifié les photographies dans le dossier ?

David ne répondit pas tout de suite. Il s'appuya contre le bureau, face à elle, le visage sombre.

— Je… Ils ne m'ont pas donné accès au dossier.

— Quoi ? Mais c'est… Comment es-tu censé évaluer quoi que ce soit sans avoir accès aux documents initiaux ?

— Sia, écoute, je crois que tu devrais savoir…

Elle ne l'écoutait plus. Ses yeux étaient rivés sur la capture d'écran qui apparaissait sur l'ordinateur de David.

— Qu'est-ce que c'est ? le coupa-t-elle.

— La vidéo de l'accident enregistrée par la sécurité. Apparemment, deux types ont commencé à se disputer juste devant le tableau.

David mit la vidéo en marche, et Sia posa le poing sur sa bouche en voyant la bagarre qui s'était conclue par le lancer d'un verre de vin sur le tableau.

— Est-ce que c'est bien Savior Sabbatino ?

— Oui, avec son frère Santo.

Si les frères Sabbatino faisaient régulièrement les premières pages de la presse à scandale, ils n'étaient pas du genre à se retrouver sur les vidéos de sécurité ! Tandis qu'elle essayait de garder son calme, Sia réalisait peu à peu les implications de ce qui s'était passé pour le vendeur comme pour la galerie.

— Peux-tu revenir en arrière ? demanda-t-elle.

Quelque chose dans cette vidéo la dérangeait sans qu'elle parvienne à mettre le doigt sur ce qui n'allait pas. Elle revit l'enregistrement une deuxième fois, puis une troisième - le vin qui s'étalait sur le tableau, le choc qui s'affichait sur les visages de tous les assistants… Tous, y compris les frères Sabbatino qui en étaient la cause, regardaient avec une fascination horrifiée les dommages causés sur la toile…

Soudain, son attention se fixa sur ce qui l'avait dérangée : il était le seul dans la pièce à ne pas avoir tourné la tête. Au lieu de regarder vers le lieu de l'accident comme le faisaient tous les autres, il gardait le dos tourné. Il levait son verre à sa bouche, et Sia crut voir l'ombre d'un sourire ourler ses lèvres.

Sia l'aurait reconnu n'importe où, comme toute femme hétérosexuelle d'ailleurs, dotée ou non d'un penchant spécifique pour les milliardaires avec une réputation sulfureuse.

Premier enquêteur : Donc, vous avez immédiatement suspecté Sebastian Rohan de Luen ?

Miss Keating : Le cheikh Alham Abrani avait donné des instructions très claires. Le tableau ne devait sous aucun prétexte être vendu à Seba… à M. Rohan de Luen. Ce dernier a par le passé fait de nombreuses offres pour acquérir ce tableau au cours de la dernière décennie. Toutes étaient largement au-dessus du prix demandé, toutes ont été refusées.

Second enquêteur : M. Rohan de Luen est duc, n'est-ce pas ?

Miss Keating : Son père était le duc Gaeten d'Espagne avant de se voir retirer ses terres et son titre. Cependant, comme cette destitution est survenue après la majorité de Seba… Après sa majorité, il avait déjà hérité du titre et ne pouvait plus se le voir retirer, je suppose.

Premier enquêteur : Pourtant, la nuit où vous pensez avoir découvert que le tableau était un faux, il n'était nulle part dans les parages.

Miss Keating : Il était présent au vernissage privé au cours duquel l'accident s'est produit.

Second enquêteur : Certes. Cependant, le visionnage de l'enregistrement de sécurité prouve qu'il ne s'est jamais trouvé à proximité du tableau au cours de la soirée. De plus, il est resté après l'arrivée de la police sur les lieux pour donner un témoignage au cas où des poursuites seraient engagées contre les deux hommes impliqués dans l'altercation.

Miss Keating : Eh bien, je le voyais mal lever les mains en l'air en disant « C'est moi qui l'ai fait ! », vous ne croyez pas ?

Premier enquêteur : [se racle la gorge] Et quand vous avez fait part de vos soupçons à vos supérieurs... ?

Sia serrait tellement fort les poings qu'elle sut que ses ongles laisseraient leurs marques dans la chair de ses paumes.

— Je le répète, ce n'est pas le tableau que j'ai estimé au Sharjarhere.

Elle était montée directement du laboratoire de David au niveau des bureaux de la direction, cinq étages au-dessus. Elle ne savait pas ce qu'elle espérait y trouver, mais certainement pas la réponse condescendante de son manager :

— Miss Keating, je vous en prie, j'adorerais entendre votre explication fantaisiste. Qu'est-ce qui paraît le plus plausible, honnêtement ? Que vous vous soyez trompée dans votre expertise ou que vous ayez justement évalué un authentique Durrántez qui aurait - on ne sait comment - été volé et remplacé par un faux sur le chemin jusqu'à la galerie Bonnaire ? Galerie assez malchanceuse pour voir ensuite ledit faux se trouver aspergé de vin. De quels pourcentages parlons-nous ? Disons une chance sur un million pour chacune de ces deux dernières mésaventures ?

Sia n'était pas stupide. Elle savait parfaitement que les apparences ne jouaient pas en sa faveur. Cette chaîne d'événements paraissait effectivement pour le moins improbable. Il n'en restait pas moins qu'elle *savait* plus sûrement encore ce que son instinct lui avait dit. Elle était peut-être la seule à en être persuadée, mais elle *savait* qu'elle n'aurait jamais confondu un faux avec un authentique. C'était bien la seule chose que son père lui avait transmise avant son arrestation puis son incarcération : cette capacité à repérer une contrefaçon à des kilomètres.

— Si je pouvais simplement transmettre les photographies que j'ai prises à David, alors...

— Nous avons déjà parlé au cheikh Abrani, il s'est excusé à de multiples reprises pour cette confusion. Lui-même a accepté l'évidence et reconnaît que sa toile était un faux.

Impossible ! Elle peinait à imaginer que l'homme déterminé et arrogant qu'elle avait rencontré lors de son expertise se soit excusé auprès de qui que ce soit une seule fois dans toute son existence !

— Mais…

— Le dossier a été classé, et il restera scellé tant que notre enquête interne sera en cours. D'ici là, Miss Keating, vous êtes suspendue, et il vous est interdit de parler à qui que ce soit - j'insiste sur ce point ! - de vos soupçons. Vous n'aurez aucun contact avec la presse, ni avec le personnel de Bonnaire.

Sia se sentit blêmir. Une suspension ? Plus aucun contact avec ses collègues ? Et son expertise scellée ? Rien de tout cela n'avait le moindre sens ! Elle était condamnée sans aucune preuve. Tout le monde semblait avoir décidé que le tableau était un faux, or ils se trompaient !

Aussi improbable que cela paraisse, la toile authentique avait bel et bien été volée et remplacée. Le voleur s'en tirait à bon compte puisqu'elle était la seule à le savoir. Et la seule de toute cette histoire rocambolesque à être injustement punie ! Sa carrière aussi bien que sa réputation - déjà bien malmenée - étaient en jeu. Tout ce pour quoi elle avait travaillé si dur ! Tout ce pour quoi elle s'était battue jour après jour !

Sia ferma les yeux pour ravaler les larmes qu'elle sentait monter. Elle refusait de révéler la moindre faiblesse devant son chef. Elle avait appris depuis bien longtemps à ne jamais montrer ses larmes. Enfant déjà, elle avait dû les cacher à sa tante qui n'avait jamais apprécié de voir sa jeune nièce de sept ans lui revenir sur les bras pendant que sa sœur capricieuse passait d'un homme à l'autre alors que son mari était en prison.

Les règles strictes et conservatrices qui prévalaient dans le foyer d'Eleanor Lang avaient été un choc douloureux pour une fillette qui avait jusque-là grandi au milieu des crayons et des pinceaux du studio paternel, avec pour seule règle « Lance-toi ». Comment une enfant de sept ans aurait-elle pu savoir qu'il y avait une différence substantielle entre le papier blanc que son père avait fait poser partout sur les murs de son studio et les magnolias ouvragés qui ornaient le papier peint du salon de sa tante ?

Ensuite, elle avait caché ses larmes aux autres enfants, à l'école. La teinte de ses cheveux lui aurait valu à elle seule des brimades, mais il avait en plus fallu que les journaux soient remplis de photos de son père - le plus célèbre faussaire de tout le Royaume-Uni. En conséquence, les mères refusaient que leurs enfants s'approchent d'elle, et les professeurs la regardaient comme si elle risquait à tout instant de voler les chaussures qu'ils avaient aux pieds.

Sa tante lui avait certes fourni un toit et le couvert, mais il n'y avait guère assez d'argent pour le reste, aussi Sia avait-elle dû prendre deux jobs après l'école parce que, quel que soit son avenir, il se jouerait à l'université. Le reste du temps, elle le passait le nez dans les livres, le cœur battant à chaque fois qu'elle traçait du doigt les images de peintures qu'elle avait autrefois vu son père reproduire à la perfection. Oui, elle avait très tôt voulu se forger un avenir décent, au-delà de tout reproche, pour qu'on ne puisse plus jamais lui enlever ce qu'elle avait. Mais voilà qu'on lui reprenait même cela. Elle avait suivi toutes les règles, elle avait tout fait comme on le lui demandait. Et son futur lui était de nouveau arraché.

À mesure que la réalité de sa suspension s'inscrivait dans son esprit, elle se mit à faire de rapides calculs. Même avec deux jobs d'étudiant depuis l'adolescence, ses frais universitaires l'avaient endettée à hauteur de 28 000 livres. Son poste à Bonnaire ne lui avait guère permis d'en rembourser plus qu'un dixième. Ainsi, un seul mois de suspension risquait de mettre en péril son remboursement de crédit, sans même parler de la location de son minuscule appartement.

Tandis que la nausée lui soulevait le cœur, l'image en noir et blanc de Sebastian Rohan de Luen en train de sourire dans son verre de whisky lui revint en mémoire. Elle savait avec une certitude inébranlable qu'il était impliqué, de même qu'elle savait reconnaître un faux d'une œuvre authentique, et elle allait tout faire pour le prouver.

Second enquêteur : Ainsi, en dépit des ordres directs reçus de votre manager, vous avez approché le duc de Gaeten.

Premier enquêteur : [avec un rire bas] Comment s'est passée la rencontre ?

En moins de vingt-quatre heures, Sia l'avait pisté et repéré. Les réseaux sociaux de ce type étaient encore plus précis que Google Maps, alors le défi n'avait pas été bien compliqué à relever. Ce qui avait été difficile, en revanche, c'était de puiser en elle le courage de mettre son plan à exécution.

Un plan très simple, en vérité : le séduire, retrouver le tableau original et le voler. Ou plutôt le re-voler… Sia écarta rapidement ses réserves morales. Cela ne pouvait pas être illégal dans la mesure où elle rendrait au propriétaire un bien qui lui avait été dérobé une première fois. Non, cela n'avait rien d'immoral, même si elle bénéficiait de ce vol au passage, ce qui n'était que justice ! Si elle parvenait à rapporter l'authentique Durrántez, cela prouverait qu'elle n'avait pas commis d'erreur, et Bonnaire la réintégrerait. Il lui fallait simplement prouver qu'elle était douée pour ce qu'elle faisait.

Prouver, une fois de plus, qu'elle n'avait rien à voir avec son père.

Elle leva les yeux devant une nouvelle rangée de demeures incroyablement luxueuses dans Mayfair. Celle qui l'intéressait plus particulièrement était flanquée de deux colonnes ioniques de part et d'autre d'une large double porte aux heurtoirs en tête de lion. Les maisons voisines n'étaient séparées par aucune haie, car toutes constituaient désormais l'un des clubs privés londoniens les plus en vue : le Victoriana.

Quand elle avait découvert un peu plus tôt où sa cible se trouverait ce soir-là, elle avait compris qu'elle aurait besoin d'aide. Sans son amie Célia, elle n'aurait jamais pu approcher à moins de cinquante mètres de l'entrée. Célia, en revanche… Avant même d'avoir épousé le richissime armateur grec Loukis Liordis, elle possédait sa propre société et bénéficiait d'une réputation qui lui ouvrait de nombreuses portes. La conversation avait été brève, et Célia n'y était pas allée par quatre chemins.

— Même si j'arrive à te faire entrer, ma chérie, il va falloir que tu aies l'air… d'en faire partie. Bien sûr, tu es toujours sublime, seulement, cette fois, il faudrait aussi que tu aies l'air… riche.

Sia n'avait pas flanché en entendant la déclaration de son amie.

— C'est très important, n'est-ce pas ? avait soupiré Célia.

— Oui, vraiment.

— D'accord.

Deux heures plus tard, Sia s'était retrouvée, les yeux écarquillés, devant les imposantes portes vertes de Harrods, où une adorable jeune femme nommée Pénélope l'avait accueillie. Cette dernière avait reçu l'instruction de lui fournir tenue, maquillage et coiffure pour la soirée à venir avant d'envoyer la facture à Célia.

Sia avait passé les trois heures suivantes dans une sorte de brouillard. Elle avait dû essayer des dizaines de robes, toutes plus belles les unes que les autres. Dire qu'en montant son plan d'attaque elle s'était imaginée vêtue d'un legging noir, un chignon pratique sur la nuque, sans maquillage ! Quelque chose dans le goût de l'espionnage.

Enfin, elle avait découvert son reflet dans le miroir : la soie délicate de sa robe s'apercevait sous son riche manteau de cachemire, et un frisson d'excitation était remonté le long de sa colonne vertébrale.

Quand Pénélope avait déclaré que cette robe turquoise lui irait à merveille, elle avait dû tenir sa langue. La couleur n'avait rien de « turquoise », non, il s'agissait plutôt d'un bleu de Prusse - sa couleur préférée… et celle de son père. Sia n'avait jamais porté cette teinte mais, quand elle avait vu comment celle-ci s'harmonisait avec sa peau pâle, comment elle transformait ses cheveux en une crinière rousse scintillante, elle était restée sans voix.

Le coiffeur avait sèchement écarté ses mains de sa chevelure quand elle avait suggéré de l'attacher en hauteur avant de l'accuser de commettre un crime. Sia avait rougi avant de se renfoncer contre le dossier sans plus protester. Il avait arrangé ses cheveux en larges boucles souples, ce qui adoucissait incroyablement ses traits dont elle avait trop souvent entendu dire qu'ils étaient « forts », ce qui signifiait en réalité « durs ».

Tandis qu'elle s'avançait dans l'allée vers l'homme en livrée qui accueillait les membres du club devant les sculpturales portes sombres du Victoriana, Sia se persuada que tous ses préparatifs allaient se révéler inutiles et que, malgré l'aide de Célia, elle ne serait jamais autorisée à entrer. Oui, dans un instant, elle pourrait pousser un soupir de soulagement, faire demi-tour et retourner se pelotonner sur son canapé avec une tisane…

— Bienvenue, Miss Keating, la salua poliment l'homme en lui ouvrant grand la porte quand elle lui eut donné sa carte.

À l'intérieur, elle fut accueillie par une jeune femme vêtue d'un pantalon en tweed et d'une veste colorée. Sia se surprit à vérifier qu'elle n'avait pas également une cravache… C'était sûrement l'effet Victoriana : on avait l'impression d'être revenu un ou deux siècles en arrière.

Elle fut conduite le long d'un couloir dans un salon - en vérité, une pièce si vaste que Sia ne connaissait pas de terme adapté pour la désigner. Un immense bar en marbre brut s'étendait sur toute une longueur, d'autres serveurs et serveuses dans le même costume que sa guide se tenaient derrière le comptoir. Celle-ci la mena aimablement jusqu'à un siège avant de lui expliquer les différentes pièces qu'elle trouverait depuis le hall situé juste derrière : bibliothèque, salle de billard, petit salon, orangerie… Tous ces mots se dissolvaient dans le murmure des conversations qui se poursuivaient autour d'elle.

Voilà comment Sia se retrouva perchée sur une magnifique chaise de bar à l'assise en cuir vert tandis qu'un serveur lui demandait poliment :

— Qu'est-ce qui pourrait vous faire plaisir, mademoiselle ?

Sebastian Rohan de Luen, songea-t-elle.

Le barman interpréta son silence comme de la confusion et demanda avec gentillesse :

— Quels parfums appréciez-vous ?

— Je vais prendre un rhum-gingembre, s'il vous plaît.

Elle n'était pas habituée à boire, encore moins ce genre de

boissons fortes, néanmoins un petit remontant lui permettrait de trouver le courage d'affronter la soirée.

Pendant que le barman s'occupait de son cocktail, Sia balaya la pièce du regard en faisant de son mieux pour ne pas trahir la moindre surprise devant le nombre de visages connus qu'elle comptabilisa. Une star du petit écran était installée avec le mannequin masculin qui occupait actuellement tous les écrans de Piccadilly Circus. Un politicien discutait joyeusement avec un adversaire politique comme s'ils étaient deux vieux amis, et un présentateur des infos semblait en plein débat avec un dignitaire étranger. Cependant, tous disparurent de son champ de vision lorsqu'elle repéra la silhouette qui se penchait vers une belle femme assise près de lui.

Elle avait trouvé son duc espagnol ! Pourtant, Sia avait l'étrange sensation que le piège venait de se refermer sur elle et non sur lui. Elle ne parvenait plus à détourner le regard. Tout son corps semblait douloureusement conscient de la présence de cet homme. C'était comme si chacune de ses cellules enregistrait le moindre stimulus : la soie brûlante sur sa peau nue, le vrombissement des voix autour d'elle, l'éclat brillant des rubis qui ornaient le cou de la femme à qui il parlait. Et pourtant, tout cela se fondait dans une sorte de brouillard et disparaissait derrière *lui.*

Il était infiniment plus séduisant en vrai qu'en image. Il avait un profil puissant, envoûtant. Une ombre de barbe mettait en relief la ligne fière de sa mâchoire et rejoignait les mèches sombres de ses cheveux. Même dans l'ombre du coin où il était installé avec sa compagne, la couleur dorée de sa peau lui parut aussi douce et chaude que du miel. La coupe impeccable de son costume mettait en valeur ses épaules larges, son ventre plat et ses jambes musclées. Sia se sentit réagir involontairement à tant de perfection mâle. Pas seulement physiquement, non… Pour la première fois depuis une éternité, elle brûlait de sortir son carnet à croquis. Elle voulait tracer les lignes pures de ses traits, emplir la page de la virilité qui émanait de lui.

Ce fut sa brusque immobilité qui l'alerta. Une absence de

mouvement presque imperceptible que personne à part elle n'aurait remarquée, seulement elle était tellement concentrée sur lui qu'elle nota ce détail comme une soudaine menace. Elle fut cependant trop lente à réagir. Tout à coup, Sebastian Rohan de Luen leva la tête et la regarda droit dans les yeux. Son cœur manqua un battement, son souffle se bloqua dans sa gorge, et elle retint un juron en voyant la même ombre de sourire que sur la vidéo apparaître sur ses lèvres.

En un instant, Sia fut dégrisée. Il avait beau être le plus bel homme qu'elle eût jamais vu, posséder une douzaine d'hôtels de luxe à travers le monde, être doté d'un titre de noblesse, elle ne le laisserait pas briser sa carrière et son avenir sans réagir.

Il était son ennemi, et elle ne comptait pas le laisser s'en tirer.

2.

Premier enquêteur : Vous dites que c'est lui qui vous a approchée ?

Miss Keating : Est-ce si difficile à croire ?

Second enquêteur : Pourriez-vous répondre à la question, s'il vous plaît ?

Miss Keating : Oui, c'est lui qui est venu me parler.

Sebastian leva son verre de whisky en l'air et fit cliqueter le cristal contre la coupe de champagne. Il prit le temps de savourer le plaisir qui courait dans ses veines.

— Aux plats qui se mangent froid, déclara-t-il avant d'avaler une gorgée du liquide ambré. Je n'aurais pas pu y arriver sans toi, Aliah, alors, merci.

Ses yeux sombres étaient soulignés d'un trait de khôl délicat et auraient paru irrésistibles à n'importe quel autre homme que lui. Seulement, il connaissait Aliah depuis très longtemps, et ils avaient été unis par un même but, aux dépens de tout le reste. Objectivement, Aliah était incroyablement belle, néanmoins elle ne provoquait pas en lui la moindre émotion physique.

— Et je n'en serais pas ici sans toi, merci à toi, répondit Aliah avec sincérité.

— Que comptes-tu faire de ta liberté retrouvée ?

— Je dois m'occuper d'une… affaire. Et toi ? Tu rentres à Sienne ? Ou bien comptes-tu rendre visite à Maria pendant que tu es en ville ?

Sebastian eut un sourire un peu forcé à la mention de sa

petite sœur. Cette petite folle s'était enfuie sans crier gare avec un milliardaire suisse.

— Maria s'est trouvé un mari et elle vit en ce moment à Lucerne, sur les rives du lac des Quatre-Cantons, lâcha-t-il sans manifester l'animosité qu'il éprouvait à l'égard de Matthieu Montcour, son tout nouveau beau-frère.

— C'est merveilleux ! Elle doit être folle de bonheur !

L'intérêt sincère d'Aliah pour sa sœur apaisa quelque peu la fureur qu'il ressentait à chaque fois qu'il pensait à Montcour.

— Elle est enceinte de huit mois, alors j'imagine que oui…

— C'est merveilleux, soupira Aliah. « Oncle Sebastian », j'aimerais beaucoup te voir dans ce rôle, reprit-elle avec un mélange de moquerie et d'envie. Sois un peu indulgent et apprécie leur bonheur.

Les ombres du regard d'Aliah révélaient encore les blessures de sa récente séparation d'avec sa propre famille, aussi Sebastian répondit-il en toute honnêteté à la franche réprimande de la jeune femme :

— Je l'apprécie, je t'assure. C'est d'ailleurs pour cela qu'il fallait que tout se termine maintenant, avant la naissance de son bébé. Je veux un nouveau départ pour laisser enfin le passé derrière nous.

— Buvons à ça, alors !

Comme le whisky brûlait délicieusement sa gorge, Sebastian se demanda s'il connaîtrait enfin la paix intérieure à présent que tout était achevé. Il avait recherché cette paix pendant dix ans sans que rien, aucun succès ni aucune femme, ne parvienne à l'apaiser.

Maintenant que son père s'était finalement installé à Rimini avec sa belle-mère, Valeria, chacun d'eux s'occupant joyeusement de faire de la vie de l'autre un enfer, et que Maria était avec Montcour, Sebastian avait la sensation, pour la première fois de sa vie, qu'il n'avait plus aucune responsabilité. Ses hôtels prospéraient, le dernier fleuron de sa flotte était parti une semaine plus tôt en mer des Caraïbes. Oui, dorénavant, peut-être trouverait-il enfin la paix de l'âme…

— Je t'ai perdu.

La voix d'Aliah le ramena au présent.

— Jamais, voyons, assura-t-il en se forçant à sourire.

Le moment des adieux approchait.

— Si tu as besoin un jour de quoi que ce soit, surtout n'hésite pas, reprit-il. Je le pense. N'importe quoi.

Il se pencha pour lui tendre la joue. Aliah y déposa un chaste baiser d'amitié qui ne pouvait expliquer la soudaine montée d'adrénaline qui lui coupa le souffle. D'instinct, son regard se leva, et il la vit. La cause de son brusque émoi. Elle était assise au bar, les yeux rivés sur lui.

— Seb ?

La voix insistante d'Aliah lui parut venir de très loin, comme si elle peinait à traverser le sortilège qui semblait s'être emparé de lui. Incapable de répondre, il garda les yeux dans ceux, incroyablement bleus, de l'inconnue et eut l'impression de recevoir un coup de poing en pleine poitrine. Subjugué, il enregistra les longues boucles couleur *terracotta* qui descendaient en vagues sur ses épaules et caressaient ses bras à la peau pâle. La soie bleue qui la couvrait entièrement moulait un corps dont les courbes lui mettaient l'eau à la bouche. De toutes les femmes légèrement vêtues qu'il avait fréquentées ces dix dernières années, l'inconnue était sans conteste la plus modeste, pourtant elle avait sur lui un pouvoir qu'aucune autre n'avait eu. Un pouvoir inquiétant.

Quand ses yeux qui s'étaient égarés sur chaque courbe délicieuse revinrent à la rencontre des siens, il remarqua les pommettes hautes et une bouche à damner un saint. Soudain, une alerte retentit dans son esprit. Il y avait quelque chose chez elle…

Dans l'instant, il comprit de quoi il était question. Oh ! cela promettait d'être sacrément intéressant !

Sia remarqua à peine que le barman venait de déposer sa boisson devant elle, trop troublée par ce qui venait de se passer. Après un regard qui lui avait paru durer une éternité, Sebastian était retourné à sa conversation comme si de rien n'était, comme si tout l'univers de Sia ne venait pas d'exploser en mille morceaux. Elle se força à détourner les yeux, incapable de porter le verre à ses lèvres.

Elle s'en voulait de sa faiblesse. Quand il lui avait souri, elle avait, l'espace d'un instant, tout oublié de sa mission. Tout… La perte potentielle de son travail, la toile volée, le fait que l'homme en train de lui sourire était responsable de toute cette injustice. Elle s'était laissé envoûter par une attraction si puissante qu'elle en avait perdu de vue son objectif. C'était une erreur. Une unique erreur qui ne se reproduirait pas.

D'une main tremblante, Sia s'empara de son verre et laissa la saveur épicée de l'alcool la ramener à la raison. Or, il y avait fort à faire. Pour commencer, elle n'avait tout simplement pas envisagé la possibilité que le duc ne soit pas seul. Et quelle compagnie ! Elle jeta un regard rapide vers la beauté qui accompagnait Sebastian. La façon dont ce dernier se penchait vers elle avait quelque chose de protecteur, et Sia sentit l'amertume de la jalousie lui serrer le cœur. Elle n'était pas jalouse de la femme, bien sûr, mais de ce que ces deux-là partageaient.

La femme lui paraissait vaguement familière sans qu'elle parvienne à retrouver où elle l'avait déjà vue. Cependant, il n'y avait rien d'étonnant à ce qu'un homme avec une telle réputation de coureur se trouve en ce moment avec une célébrité.

L'humeur assombrie, Sia réfléchit à son plan qui n'était clairement pas au point. Qu'était-elle allée s'imaginer ? Qu'elle pouvait le séduire ? Le piéger ? La honte était si cuisante qu'elle lui fit monter les larmes aux yeux.

— C'est un crime.

Sia sursauta en entendant ces mots tout près d'elle. Perturbée, elle n'avait pas vu le duc se lever et traverser la pièce pour la rejoindre. La note sensuelle de sa voix grave la fit frissonner, mais le mot *crime* lui rappela précisément pourquoi elle était là. Il osait l'aborder en parlant de « crime » ! Savait-il qu'il s'adressait à une adversaire ? Jouait-il avec elle ? Il voulait jouer, il avait trouvé à qui parler !

— Quoi donc ? répliqua-t-elle, sans laisser paraître la moindre émotion.

— De laisser une aussi belle femme boire seule.

— C'est plutôt cette entrée en matière qui l'est, marmonna-t-elle en levant les yeux au ciel. Je m'attendais à mieux venant du play-boy le plus renommé d'Europe.

— Renommé ? Admettez que je pars avec un désavantage puisque vous me connaissez, au moins de réputation, tandis que je ne sais rien de vous…

— Henri, déclara-t-elle avec naturel, comme si elle n'avait pas tu ce nom pendant vingt longues années.

Quand il répéta ce nom de cette façon sensuelle qui lui était propre, l'air de goûter les sonorités sur sa langue, Sia sentit des frissons sur sa peau.

— Vous ne ressemblez pas franchement à un Henri.

De fait, Sia Keating n'aurait jamais pu faire ce qu'elle était en train de faire. Sia Keating était une bonne fille, raisonnable, travailleuse. Elle ne se plaignait pas, ne s'énervait pas, ne criait pas… La colère était une émotion passionnelle, et tout ce qui s'approchait de la passion la faisant penser à sa mère Sia le réprimait impitoyablement. *Henri*, en revanche… Dissimulée derrière le surnom que lui donnait son père, diminutif masculin de son second prénom, Henrietta, elle était capable de tout. Y compris du pire.

— Vraiment ? Et à quoi est-ce que je ressemble, alors ?

Ma perte.

Fasciné, Sebastian admira le halo d'or roux de ses cheveux et parcourut avec une lenteur langoureuse sa silhouette. Il était parfaitement conscient que son regard était insolent et s'accrocha à cela pour ne pas succomber au désir qu'il avait de la savourer. Elle était absolument délectable.

Comment résister à cette chevelure aux reflets ambrés, qui cascadait dans son dos ? La soie chatoyante révélait les courbes et les déliés de son corps. Elle semblait avoir des jambes interminables, et son décolleté sage laissait voir un cou gracieux, de même que les manches courtes de la robe dévoilaient des bras fins et toniques. Elle ne portait qu'un maquillage léger qui mettait en valeur son incroyable beauté.

Elle attendait sans nul doute de lui quelque remarque vulgaire, et il était sur le point de la satisfaire lorsqu'il croisa ses yeux bleus stupéfiants. Il y avait dans ce corps et dans ce regard intelligent un pouvoir caché qui l'envoûtait.

Derrière la fausse bravoure, il vit autre chose, quelque chose qui le toucha malgré lui. Son regard ressemblait trop à celui que sa sœur lui jetait parfois - non qu'il y ait par ailleurs quoi que ce soit de fraternel dans le trouble que cette femme éveillait en lui. Néanmoins, il connaissait cette vulnérabilité sous l'air de défi. Cette femme-là était particulière.

— *Biondina*, souffla-t-il enfin.

Elle avait la même peau claire, les mêmes reflets auburn et quelque chose de similaire dans le regard. Pas en cet instant, ni depuis qu'il l'avait rejointe au bar, mais juste avant, au moment où il faisait ses adieux à Aliah en lui souhaitant un avenir plus heureux que celui que son père lui réservait.

Comme Aliah partait, il avait laissé le regard s'égarer à nouveau vers sa magnifique *Biondina*. Une lourde boucle tombait le long de son bras tandis qu'elle saisissait son verre, le regard perdu. Il aurait tout donné pour connaître ses pensées à cet instant précis.

— Pardon ?

— Une œuvre de Frédéric Leighton.

— Je sais qui a peint *Biondina*.

L'indignation offensée qu'il perçut dans son ton lui fit venir un sourire moqueur aux lèvres.

— Oh ! alors vous travaillez dans l'art ?

La taquiner était trop facile ! Comment aurait-il pu résister alors qu'elle était aussi piètre actrice ? Venait-elle de rougir légèrement ? À croire qu'elle se rappelait trop tard qu'elle n'était pas censée être Sia Keating.

Quelque chose dans son ton lui confirma qu'il jouait avec elle. Après tout, il était fort probable qu'il se soit renseigné sur Bonnaire et ceux qui y travaillaient avant de voler la peinture. Elle n'avait pas eu le temps d'y réfléchir avant de passer à l'action, sans quoi elle se serait directement présentée comme Sia Keating au lieu de cacher son identité. Mais elle avait dit « Henri » et maintenant, tout ce qu'elle voulait, c'était relever le défi qu'il lui proposait, le battre à son propre jeu.

— Je travaille pour Bonnaire, affirma-t-elle d'un ton dégagé en guettant sa réaction.

— Ce n'est pas une de ces maisons de ventes aux enchères ? Comme Christie's ?

Ce rustre connaissait parfaitement Bonnaire, et mentionner leur principal rival était tout bonnement mesquin. En dépit de sa suspension, Sia ne put s'empêcher de défendre Bonnaire.

— Oui, mais en mieux.

Elle ne se rappelait pas avoir utilisé ce ton condescendant avec qui que ce soit auparavant. Pourquoi provoquait-il de telles réactions chez elle ?

— Est-ce qu'il n'y a pas eu un scandale là-bas dernièrement ?

Outrée, elle le regarda tapoter les doigts sur le comptoir comme s'il cherchait à se remémorer.

— Ah, oui ! Je me souviens ! Une toile a été endommagée lors d'un vernissage ?

Sia était tellement sidérée qu'il ait osé amener la conversation sur ce sujet qu'elle ne sut quoi répondre.

— À moins qu'il ne se soit plutôt agi d'un faux découvert ? N'étaient-ce pas les deux ? poursuivit-il du même air ingénu qui la laissait sans voix.

Il haussa les épaules et lui adressa un sourire de pure innocence qui lui fit le même effet qu'un drapeau rouge devant un taureau. Elle était prête à trahir sa fureur lorsque Henri prit le dessus et transforma sa rage impuissante en détermination. Si elle voulait le prendre à son propre jeu, elle devait dominer ses émotions et imiter son attitude pour jouer avec la vérité :

— Les deux, apparemment, répliqua-t-elle. Mais… Puis-je vous confier un secret ?

— Bien sûr, dit-il en se penchant vers elle pour recevoir sa fausse confidence.

— Je ne pense pas qu'il s'agissait d'un faux, murmura-t-elle derrière sa main. Du moins, pas avant qu'il ait été volé et remplacé par une contrefaçon.

— *Ça*, ce serait un vrai scandale ! lâcha-t-il à voix basse, comme s'il était sincèrement impressionné. Je n'imagine pas un seul instant qu'un vendeur d'art renommé admette une telle chose publiquement.

Derrière son sourire, Sia serra les dents. Il avait raison. Jamais Bonnaire n'admettrait le vol et la substitution. Raison pour laquelle elle était ici en ce moment même, à jouer au chat et à la souris avec ce play-boy arrogant.

À ce stade de la conversation, Sia serait partie, mais Henri tint bon. Henri, c'était la petite fille, toujours vivante en elle, qui avait dessiné avec passion sur les murs de l'atelier de son père, celle qui avait ri et pleuré dans ses bras, celle qui adorait mettre les robes en soie de sa mère et se badigeonner les lèvres de rouge à six ans pour déambuler en talons hauts dans leur maison de Peckham. Elle avait dû enfouir cet aspect de sa personnalité au plus profond d'elle-même pendant de trop nombreuses années, il était temps de libérer Henri et de voir ce dont elle était capable à présent qu'elle avait grandi.

— Je suis étonnée qu'un hôtelier en connaisse autant sur les us et coutumes du petit monde de l'art.

Elle dut se mordre la langue en voyant la mine outragée de Sebastian lorsqu'elle avait prononcé le mot *hôtelier*. Il était décidément très facile de blesser son ego surdimensionné.

— Mes hôtels sont tous des quatre étoiles *a minima,* et leurs restaurants sont étoilés au Michelin, les célébrités se battent pour occuper mes suites de luxe. J'ai un établissement dans chaque grande ville européenne, plusieurs autres à l'international et au moins deux qui sont tellement sélects que la presse n'en connaît même pas l'existence.

En dépit de l'arrogance insupportable avec laquelle il affirmait son succès, Sia ne put s'empêcher d'être impressionnée, parce que, si les articles qu'elle avait lus en ligne pour se renseigner sur lui disaient vrai, sa famille avait été exilée hors d'Espagne complètement ruinée.

— Et que vient faire Leighton dans tout cela… ? demanda-t-elle en feignant un ennui profond devant la liste de ses réussites.

— *Biondina* vous ressemble. C'est un tableau de famille.

— Vous avez hérité d'un Leighton ? s'exclama-t-elle, sans parvenir à cacher sa surprise.

— De deux, plus précisément.

— D'autres… « héritages » intéressants ?

— Mon père a un penchant pour la Renaissance italienne - Giotto, Fra Angelico, Filippo Lippi. Ma… mère préférait les artistes du XXe siècle : Rothko, Klee, Francis Bacon.

Sia était tellement stupéfaite d'imaginer qu'on puisse grandir au milieu de toiles authentiques de tels peintres qu'elle faillit ne pas remarquer qu'il avait buté sur la mention de sa mère et parlé d'elle à l'imparfait.

— Aucun Durrántez ? lança-t-elle pour le mettre au défi.

— Parmi d'autres, si, déclara-t-il d'un ton léger sans détourner le regard.

Sia avait regardé avec attention ses traits trop séduisants, guettant le moindre signe de trouble. *Rien.*

Se serait-elle trompée ? Avant de passer un coup de fil à Célia, elle avait parlé à une amie de l'université qui travaillait à Interpol. Celle-ci n'avait entendu aucune rumeur concernant un Durrántez volé. Sans compter que Sebastian n'avait de toute évidence absolument pas besoin de cet argent. En vérité, elle ne parvenait pas à comprendre pourquoi il avait voulu cette toile au point de faire plusieurs offres publiques incroyablement généreuses pour l'acquérir. Ni, d'ailleurs, pourquoi le cheikh les avait déclinées. Le plus étonnant c'est que sa brève enquête l'avait amenée à la conclusion qu'il n'avait jamais tenté d'acquérir aucun autre Durrántez. Il voulait cette peinture-là, précisément.

— J'ai réservé une table. Voudriez-vous vous joindre à moi ?

Sebastian s'attendait à un possible refus et il s'en voulut de la soudaine montée d'adrénaline qui le saisit lorsqu'elle inclina la tête pour acquiescer.

Il l'avait certes reconnue, cependant, hormis le fait que Sia Keating avait été l'experte envoyée à la dernière minute par Bonnaire pour se charger de l'évaluation du tableau au Sharjarhere, il ne savait rien d'elle. Il n'avait à l'époque aucun intérêt à vérifier des informations la concernant. Son nom et une petite photographie professionnelle où elle apparaissait avec les cheveux tirés en un chignon strict étaient brièvement apparus dans ses dossiers de recherche, et il avait naturellement supposé qu'elle était tout aussi corruptible que le reste de ses collègues. D'après son enquête, elle était arrivée au palais, avait mené son expertise, puis elle était repartie. S'il avait su qu'elle était aussi délicieuse à regarder, aussi intelligente et joueuse que leur bref échange venait de le lui prouver, il aurait sans nul doute agi différemment. Parce qu'il ne faisait plus aucun doute que Sia Keating était une adversaire digne d'intérêt. Une adversaire sur laquelle il allait très vite devoir en apprendre davantage.

Le club Victoriana était l'un de ses endroits favoris depuis qu'il s'était installé à Mayfair, et il y dînait régulièrement. Sebastian fit signe à Sia, ou plutôt à Henri comme elle s'était présentée, de le précéder. Il regretta aussitôt sa courtoisie. Dans le dos, la soie de sa robe tombait de ses épaules en un profond décolleté qui descendait jusqu'au bas de sa colonne vertébrale, révélant sa peau nacrée. Elle ne portait rien en dessous, et cette idée provoqua chez lui une érection si brutale qu'il se sentit dans la peau de l'adolescent d'autrefois.

Sebastian avait environ quarante pas pour calmer sa libido avant qu'on les installe à leur table, et ça n'allait pas être une mince affaire. Seulement, il lui fallait reprendre le contrôle parce que son instinct lui soufflait qu'il aurait besoin de tous ses neurones pour surmonter le dilemme que Sia Keating représentait.

On les conduisit dans l'orangerie, qui ressemblait, le jour, à un magnifique jardin secret. Mais, à cette heure, l'obscurité derrière les baies vitrées transformait l'endroit en un cocon tamisé. Des lampes délicates tombaient du plafond de verre, et leurs lumières se reflétaient sur les fenêtres, donnant l'illusion que des centaines d'étoiles brillaient sur la canopée. Le jardin déployait ses merveilles à l'intérieur de la verrière : vigne vierge, bégonia et chèvrefeuille embaumaient l'air de leurs senteurs. À chaque fois qu'il venait ici, le spectacle l'enchantait. Le plus incroyable demeurait cependant l'aménagement exceptionnel des tables. Chacune se trouvait installée au centre d'une immense cage à oiseaux ouvragée – certaines cages étaient rondes, d'autres rectangulaires ou carrées et peintes en blanc ou en vert forêt. De la vigne vierge grimpait à l'assaut du métal, pénétrait entre les barreaux et finissait par constituer une sorte de barrière végétale qui donnait aux convives la sensation d'être confortablement isolés les uns des autres dans de petits espaces secrets.

Le maître d'hôtel les accompagna vers la plus petite des cages. Des fauteuils rembourrés étaient disposés de part et d'autre d'une table ronde. Deux coupes de champagne furent déposées devant eux avant que le serveur disparaisse.

Ils se retrouvèrent face à face, et Sebastian ne put s'empêcher de songer qu'ils étaient deux adversaires en train de se jauger. Il ne faisait aucun doute que Sia Keating était en guerre contre lui. Sinon, pourquoi aurait-elle mentionné Durrántez ? Pourquoi se serait-elle présentée sous un faux nom ? D'autant plus que son salaire ne lui permettait sans doute pas de venir prendre un verre ici, sans même parler de devenir membre d'un club aussi sélect que le Victoriana.

Ce qu'il comprenait moins, en revanche, c'est pourquoi Bonnaire avait estimé judicieux de lui envoyer cette Mata Hari en soie bleue. Il connaissait tout des tractations que Bonnaire menait dans l'ombre pour ses clients, aussi n'avait-il guère été surpris quand le cheikh les avait choisis pour vendre sa toile bien mal acquise. Cependant, dès l'instant où ce dernier avait fait des excuses en admettant que la toile était peut-être une contrefaçon depuis le début, Sebastian avait cru tenir sa victoire.

Or, l'arrivée impromptue de Sia Keating dans ce mécanisme parfaitement huilé le prenait de court…

— Nous parlions d'art, et j'avoue être curieux : qu'est-ce que vous évaluez exactement dans une œuvre ?

Sia fit de son mieux pour se raidir devant cette question aussi impertinente qu'audacieuse pour un voleur d'art.

— L'authenticité.

— Ah, vous êtes donc dotée d'un goût sûr, en matière d'art.

C'était une affirmation, aussi répondit-elle :

— Je le prends comme un compliment venant d'un homme lui-même doté d'un goût excellent.

— Vous faites allusion à mon amie ? demanda-t-il avec un sourire qui la fit frissonner de plaisir, à son grand dam.

— Elle est vraiment très belle, dit-elle en toute honnêteté.

— Tout comme vous.

Il lui fallut tout son courage pour ne pas détourner le regard, ni écarter d'un haussement d'épaules le compliment facile.

— Vous ne le pensez pas ? questionna-t-il en tournant légèrement la tête comme s'il était réellement intrigué.

— Je pense que je ne fais pas le poids face à une beauté comme la sienne.

— Vous prétendez à l'objectivité ? Étant un vieil ami de sa famille, je ne vois sans doute pas le même charme en elle. À mes yeux, votre beauté me semble bien plus brillante et fascinante qu'aucune autre dans la pièce.

Sia s'efforça de justifier le plaisir coupable que chacun de ses compliments lui procurait. Après tout, ce n'était qu'un soulagement objectif : ainsi, elle n'aurait pas à lutter contre une autre femme, et son plan n'en serait que plus facile. Or, elle commençait à avoir de sérieux doutes concernant la stratégie qu'elle avait rapidement mise sur pied. Ne serait-ce que parce qu'elle se méfiait de ses propres émotions. Il était trop tentant de se laisser aller à imaginer que tout entre eux était aussi simple qu'il y paraissait : un homme aussi beau que charmant qui la trouvait belle et intéressante.

Sia n'avait jamais eu de temps à consacrer aux garçons, ni, plus tard, aux hommes. Au lycée, son unique but était d'entrer à l'université pour échapper enfin à la morosité de sa tante. Puis, à l'université, l'angoisse de voir l'argent filer à chaque nouveau semestre avait forgé en elle une armure de solitude qu'elle n'était pas prête à laisser tomber. Elle avait donc passé ses vendredis et samedis soir à la bibliothèque. Peu lui importait de passer ses nuits seule parce qu'elle avait obtenu son diplôme et enfin le job qu'elle voulait. Elle était heureuse. Ou du moins parfaitement satisfaite de sa vie ! Jusqu'à ce qu'*il* arrive et gâche tout…

Soudain, la caresse de son pouce sur sa joue la ramena brutalement au présent. Toutes ses terminaisons nerveuses semblaient brusquement à vif. Affolée, Sia sentit son pouls s'emballer. Quand le regard brûlant de Sebastian se posa sur ses lèvres, le souffle lui manqua définitivement.

— Ce sont peut-être ces incroyables cils, dit-il d'une voix rauque qui lui donna le vertige. Ou cette bouche…

Elle ne pouvait pas continuer. Il y avait quelque chose chez Sebastian Rohan de Luen, quelque chose qui dépassait son identité d'arrogant play-boy et de voleur d'art, quelque chose qui le rendait bien trop dangereux.

— Je dois… y aller, balbutia-t-elle.

3.

Second enquêteur : Après tout cela, vous êtes simplement... partie ?

Premier enquêteur : Je ne comprends pas. Vous ne lui avez même pas demandé si c'était lui qui avait volé la toile ?

Miss Keating : Bonnaire ne croyait pas qu'un vol avait eu lieu.

Premier enquêteur : Certes, mais vous, vous le pensiez. C'est pour cette raison que vous étiez là-bas, non ?

Miss Keating : Si.

Second enquêteur : Alors, dans ce cas, pourquoi êtes-vous... ?

Miss Keating : Peut-être que si vous me laissiez finir...

Sia ne parvenait pas à lever le regard vers lui.

— Vous devez... ? Mais est-ce ce que vous voulez ?

Oui ! Non... Elle aurait été incapable de répondre.

Il chercha son regard, et elle ressentit l'intensité de celui-ci jusque dans ses os. Un regard qui parlait de défi et de tentation. Un regard qui aurait mis Sia en fuite dans l'instant. Mais Henri... Le caractère de Sia était un mélange de tout ce qui s'était produit *après* l'arrestation de son père. Henri, elle, était une émanation de son passé : la témérité passionnée de sa mère et la créativité incroyable de son père. Elle était enfin libérée des liens dans lesquels Sia avait dû la garder et, maintenant, elle voulait jouer. Son corps semblait soudain doté d'une vie inconnue. Elle se sentait partagée entre l'excitation et la peur. Jamais auparavant elle n'avait éprouvé d'émotions aussi puissantes et contradictoires.

— Ce que je veux n'entre pas franchement en ligne de compte.

— Comme c'est étrange ! souffla-t-il en l'inspectant comme si elle était un animal bizarre.

— Quoi donc ?

— Se restreindre ainsi.

— Vous ne vous fixez jamais aucune limite ? Aucune retenue ?

— Ce n'est pas que je n'en ai aucune, c'est plutôt que je n'ai pas besoin de l'utiliser, je suppose.

L'arrogance avec laquelle il avait prononcé ces mots doucha en une fraction de seconde le désir qu'elle ressentait un instant plus tôt. Ce type était prodigieusement insupportable et sûr de lui. Était-ce cette même arrogance qui justifiait à ses yeux le vol d'une toile de maître ? Il volait simplement parce qu'il le *pouvait* ? Parce qu'il ne voyait aucune raison de ne pas le faire ? Quand elle songeait à ce qu'un tel comportement lui avait coûté, à *elle*, la rage incendiait ses veines.

Elle but une gorgée de champagne pour se donner le temps de se calmer. En vérité, elle était tellement furieuse qu'elle aurait pu le planter là. Et c'est précisément ce qu'elle aurait fait si le doute ne l'avait pas assaillie : n'était-ce pas précisément le but qu'il recherchait ? L'exaspérer pour la faire fuir ?

Sebastian vit immédiatement que sa tactique avait fonctionné. Jouer le sale type pompeux était toujours mieux que de laisser se poursuivre ce qui s'était passé entre eux quand il l'avait touchée. Lorsqu'il avait posé le doigt sur sa joue, il avait aussitôt mesuré son erreur : ce simple contact avait suffi pour qu'il comprenne qu'il devait mettre un terme à ce qui se jouait entre eux. Parce que, pendant un bref instant, il avait eu envie de l'embrasser presque autant qu'il avait voulu le Durrántez. Un désir inconcevable, terrifiant.

Il avala une gorgée de champagne et regarda autour de lui pour éviter de la regarder, elle. Il lui fallait à tout prix se distraire de la beauté époustouflante de Sia Keating. Dire qu'à peine quelques mois plus tôt, lors d'un séjour à Paris, son meilleur ami, Theo Tersi, l'avait accusé d'être blasé ! Quelle blague ! À l'époque, il comptait profiter de la vie de débauché qu'il avait commencée à peine trois ans plus tôt. Hélas, Theo avait développé ce qui ressemblait horriblement à un code moral depuis qu'il s'était marié et attendait un enfant. Pas seulement un enfant, d'ailleurs, non, un enfant *royal*. Qui l'eût cru ? Theo Tersi, heureux mari d'une reine et bientôt père d'une princesse. Grand bien lui fasse, d'ailleurs ! Simplement, lui avait d'autres projets de vie.

Il n'avait pas dit la vérité à Sia en prétendant vivre sans la moindre restriction à son désir. Désormais, il ne connaissait plus franchement la contrainte, néanmoins il avait été grandement familier avec le concept à partir de ses dix-huit ans, quand son univers avait volé en éclats et que son père n'avait pas su entreprendre la moindre chose pour y remédier.

Sebastian avait passé des années à tenter de tirer sa famille des cendres de leur ruine financière, à élever un empire qui rivalisait largement avec ce que ses ancêtres, les ducs de Luen, avaient amassé au cours de leur histoire. Pendant ce temps-là, il s'était également évertué à mettre un toit sur la tête de son père et de sa belle-mère, ainsi qu'un autre, volontairement séparé, sur la sienne et celle de sa petite sœur. Ainsi, il était très tôt devenu le tuteur de Maria.

Alors, oui, après tout cela, il avait effectivement ressenti le besoin de relâcher un peu la pression. Et c'est exactement ce qu'il avait fait. *Tout* ce qu'il voulait, *avec qui* il voulait, *quand* il voulait. Tel était son nouveau credo. Quoique, dernièrement, il n'eût pas beaucoup cédé à ses penchants. Ce qui expliquait sans doute pourquoi Sia Keating avait un tel effet sur lui. Il n'y avait rien de particulier entre eux, ni chez elle - à part, certes, sa rare beauté –, qui justifie l'impact qu'elle avait sur lui. Simplement, il était plus facilement troublé parce que cela faisait un moment qu'il vivotait sur sa réputation de débauché sans la justifier. S'il n'y prenait pas garde, il finirait comme Theo ou sa sœur. Marié et parent.

Hors de question de retomber dans un tel piège, il avait eu assez de responsabilités sur les épaules pour toute une vie ! Il n'y avait plus que trois noms sur sa liste avant que la situation avec Bonnaire soit résolue, ensuite il n'aurait plus à s'occuper que de lui. Il serait enfin libre de faire ce qu'il entendait.

Voilà pourquoi il écarta de son esprit rebelle les images de Sia Keating nue au milieu d'un océan de soie. Hélas, sa résolution ne parvint pas à temps jusqu'à son cerveau, car déjà sa bouche lâchait ces mots :

— Qu'est-ce que vous faites dans la vie pour vous amuser, Henri ?

Sia aurait sans nul doute répondu qu'elle n'avait pas de temps libre et qu'elle n'aurait pas su comment l'occuper de toute façon. Toutefois, Sebastian avait posé la question à Henri, et c'était à elle de s'exprimer.

— Vous voulez dire, à part prendre des verres avec des play-boys célèbres ?

— C'est une habitude que vous avez ? Avec combien de play-boys célèbres avez-vous donc pris un verre ?

Cette fois, elle répondit à son arrogance par un mince sourire.

— Y a-t-il donc tellement d'hommes de votre espèce ? répliqua-t-elle d'un ton dramatique. Il faudra mettre en garde les femmes…

— Je peux vous assurer qu'il n'y en a pas beaucoup d'autres comme moi. Mais vous ne m'avez pas répondu…

Aussi présomptueux que soient ses mots, il ne les avait pas prononcés avec son habituelle assurance. En fait, elle commençait à croire qu'il n'avait pas tort. Peut-être était-ce son regard direct ou la façon dont ses traits se détendaient imperceptiblement lorsqu'il ne mentait pas, mais elle le croyait. Oui, dans ces moments-là, il semblait… reconnaissant de pouvoir laisser tomber le masque.

Sia s'efforça de réfléchir sérieusement à la question qu'il lui posait. À quand remontait la dernière fois qu'elle s'était réellement amusée ? Quand avait-elle ri au point d'en avoir les larmes aux yeux ? Quand avait-elle senti son cœur s'alléger d'allégresse dans sa poitrine ?

Depuis qu'elle avait commencé chez Bonnaire, elle avait consacré toutes ses heures à son travail, souhaitant désespérément montrer sa valeur, prouver qu'elle n'avait rien de commun avec son père. De toute façon, son salaire ne lui laissait guère de quoi faire des folies une fois payés son loyer et ses factures. Heureusement, elle pouvait voyager grâce à son métier - Sharjarhere, Grèce, Istanbul, New York... La liste était longue.

En parallèle, les rares amies et connaissances qu'elle avait gardées de l'université avaient fait leur propre chemin dans la vie. Peu étaient restées dans les parages - Célia, notamment. Pouvait-elle pour autant considérer que leur amitié sincère et intime lui avait procuré beaucoup d'amusement ? Pas vraiment...

— Cela me fait mal de constater à quel point vous avez besoin de réfléchir à une question aussi simple.

Piquée, Sia s'apprêtait à rétorquer vertement lorsque son regard la fit taire. Il l'observait vraiment, sans la moindre trace de moquerie. Elle peinait à comprendre comment leur échange pouvait en une seconde passer de la plaisanterie à l'introspection.

— J'imagine qu'il se fait tard pour vous, ajouta-t-il. Vous devez avoir des responsabilités ? Un travail à reprendre demain matin...

Ses suggestions lui rappelèrent douloureusement qu'elle n'avait, hélas, plus le droit de se rendre au bureau. Par sa faute...

— Que connaissez-vous des responsabilités ? s'enquit-elle avec une pointe d'amertume.

Il haussa les épaules.

— Très peu de choses en vérité. Ne suis-je pas selon vous le play-boy le plus renommé d'Europe ?

— Et tellement humble, avec ça.

— Je ne crois pas en l'humilité.

— Vraiment ?

— La plupart du temps, c'est un mensonge ; le reste du temps, c'est surtout un besoin de prouver sa valeur, ce qui, vous en conviendrez, n'a rien de particulièrement humble.

Personnellement, je n'ai ni le besoin de mentir ni le désir d'être considéré pour ma valeur.

— Parce que vous n'estimez pas que vous avez de la valeur ? interrogea-t-elle, sincèrement curieuse.

— Parce que je me moque de savoir comment les gens me considèrent.

— Même la plus belle femme de la pièce ? s'enquit-elle avec une moue exagérément piteuse.

— En l'occurrence, je sais comment vous me considérez, assura-t-il avec un sourire en coin.

— Vraiment ?

— Tout à fait. Vous me trouvez arrogant, obtus, indélicat et sans cœur. Cependant, comme vous me trouvez également particulièrement bel homme, vous ne pouvez vous empêcher de vous sentir distraite par mon charme et vous avez envie de découvrir s'il n'y a pas une profondeur tourmentée sous la surface qui pourrait racheter ma suffisance. Puis-je vous dire un secret, à mon tour ?

Comme il avait parfaitement résumé la situation - avec son arrogance habituelle –, elle se contenta d'acquiescer. Alors qu'il se penchait vers elle, Sia retint un frisson en sentant son souffle chaud tout près de son oreille. Si près qu'elle put inspirer l'odeur de son après-rasage et dut fermer un instant les yeux.

— Il n'y a rien d'autre sous la surface…

Son murmure envoya une myriade de frissons le long de sa colonne vertébrale. Mais, aussi enivrante que soit cette paradoxale promesse d'hédonisme et de plaisir sans arrière-pensée, elle n'y croyait pas. Alors, avant qu'il se soit écarté, avant même d'avoir réfléchi, elle tourna à peine la tête vers lui et murmura à son tour :

— Je ne vous crois pas.

— Vraiment ? demanda-t-il en se redressant.

Quoique son sourire assuré soit toujours bien en place, elle vit nettement l'ombre de son regard.

— Vraiment. Je peux bien vous l'avouer puisque vous ne

vous souciez pas d'humilité : je suis très douée pour repérer les contrefaçons. Et vous en êtes une, Sebastian Rohan de Luen.

Son accusation atteignit un nerf qu'il pensait ne pas avoir. La colère flamba en lui si soudainement qu'il ne put la refréner. Bien sûr, ce n'était pas la première fois qu'on le traitait d'imposteur, mais jamais dans le sens dont elle parlait. L'idée que cette femme ait pu voir au-delà de sa façade parfaitement construite lui était insoutenable. Plus grave encore : ce n'étaient pas ses mots qui l'avaient le plus ébranlé. Non, c'était ce moment où elle s'était tournée vers lui, les lèvres à quelques centimètres des siennes. L'espace d'un instant, le besoin qu'il avait éprouvé l'avait mis à genoux. Un besoin irrépressible, brutal de prendre sa bouche, de goûter sa saveur.

— Un tel talent doit être appréciable dans votre métier. Bonnaire vient de grandir considérablement dans mon estime pour m'avoir envoyé un morceau aussi tentant.

Il vit sa tête partir en arrière, comme s'il venait de la frapper. Il sentit la culpabilité lui serrer le cœur. Il abhorrait la violence envers les femmes, ne serait-ce que verbale, seulement le danger qu'elle représentait le mettait au supplice.

— Je ne sais pas de quoi je dois me sentir le plus offensée : d'être considérée comme un « morceau » ou de votre supposition que je suis ici sur ordre de Bonnaire. Je peux vous assurer, monsieur Rohan de Luen, que je suis ici en mon nom propre !

— L'étiquette encore de vigueur dans votre corps de métier devrait vous rappeler que mon titre n'est pas « monsieur ». Je suis peut-être exilé, mais je suis toujours duc, Miss Keating.

— Pardonnez-moi, *votre Grâce*, corrigea-t-elle avec une ironie manifeste. Ma langue a fourché.

Sebastian retint un grondement d'excitation en songeant à ce qu'il aimerait faire de la langue de cette impertinente ensorceleuse.

— Si vous êtes venue de votre propre chef, pourquoi utiliser un faux nom ?

— Si vous saviez qu'il l'était, pourquoi avoir laissé la supercherie se poursuivre ?

— Peut-être voulais-je voir jusqu'où vous comptiez la tenir ?

— Jusqu'au bout, répliqua-t-elle avec une détermination implacable.

— Afin de m'assurer que j'ai bien compris votre démarche, puis-je savoir quel est votre intérêt dans toute cette stratégie ?

— C'est très simple : prouver que vous avez volé le Durrántez.

— Je vois... Cette même toile que son possesseur, le cheikh Abrani, a lui-même reconnu comme étant fausse ?

Derrière son ton nonchalant, Sebastian pouvait entendre son sang bourdonner à ses oreilles. Bonnaire, le cheikh... Tous avaient agi comme il s'y attendait. Ils s'étaient cachés derrière le mensonge et avaient pris le coup sans répliquer.

Mais Sia ? Elle avait levé le masque et révélé ses intentions, or celles-ci n'avaient rien à voir avec ce qu'il attendait d'une employée corrompue envoyée par Bonnaire. Si le tableau avait été expertisé par Sean Johnson comme c'était prévu, il n'y aurait eu aucun problème. Sia, en revanche, était nouvelle arrivée dans le jeu et, de ce fait, bien plus dangereuse que tous les autres réunis.

— Peu m'importe ce qu'il affirme, siffla-t-elle, le Durrántez était authentique.

— Êtes-vous sûre que vous n'avez pas commis une erreur ?

Elle fronça les sourcils, et Sebastian crut voir autre chose que de l'orgueil professionnel dans les profondeurs de ses iris.

— Absolument sûre. Vous avez volé ce tableau et l'avez remplacé par une contrefaçon. Je ne comprends pas pourquoi vous vous êtes ensuite arrangé pour que le faux en question soit souillé et révèle la supercherie, ni pourquoi Abrani affirme que son tableau était un faux depuis le début. Et, franchement, je m'en moque. Je *sais* que vous l'avez fait.

— Comment ? demanda-t-il, sincèrement curieux.

— Au cours des dix dernières années, vous avez soumis douze offres pour cette toile. Chacune d'elles a été rejetée. Vous n'avez jamais marqué le moindre intérêt pour une autre œuvre de Durrántez, donc celle-ci exerce clairement une véritable fascination sur vous. Quand j'ai vu la vidéo du vernissage, j'ai remarqué que parmi toutes les personnes présentes vous êtes le seul à ne pas avoir regardé avec une fascination horrifiée les dommages provoqués sur une toile estimée à plus de cent millions de livres. Pourquoi cela ? Tout simplement parce que vous saviez qu'elle n'en valait pas le dixième.

— C'est tout ce que vous avez ? demanda-t-il avec une décontraction feinte. Une intuition et le fait que j'étais plus intéressé par ma *date* que par les dégâts ?

— Cela me suffit amplement.

— Grand bien vous fasse. Mais comment croyez-vous pouvoir me menacer ? Vous ne pouvez pas aller voir le cheikh, il a admis devant la police que sa propre toile était un faux. Vous ne pouvez pas aller voir la police puisque personne n'a rapporté le moindre vol. Et, si contrefaçon il y a, elle a été endommagée avant d'être vendue, ainsi aucun crime n'a été commis, conclut-il en haussant les épaules.

— Je pourrais aller parler à la presse, répliqua-t-elle, des étincelles de colère dans le regard.

— Oui… Si vous voulez avoir l'air de quelqu'un qui tente maladroitement de couvrir une erreur professionnelle à coups de mensonges désespérés, déclara-t-il d'un ton douloureusement patriarcal à ses propres oreilles.

— Alors je pourrais le voler à mon tour.

Cette fois, il ne tenta pas de retenir son éclat de rire et, comme il s'y attendait, la fureur incendia son regard.

— Encore faudrait-il que vous le dénichiez.

— Vous trouvez tout cela terriblement amusant, n'est-ce pas ? gronda-t-elle à voix basse.

Ce n'était absolument pas le cas, mais il fallait à tout prix le lui faire croire.

— J'ai été suspendue, poursuivit-elle. Vous n'avez pas seulement volé une peinture à cent millions de livres, vous avez aussi volé mon poste, ma carrière, mon avenir. Tout ce pour quoi j'ai travaillé toute ma vie.

Sebastian eut la sensation qu'elle venait de lui asséner une gifle monumentale lorsqu'il comprit l'ampleur de la catastrophe. Bonnaire avait apparemment envoyé la seule personne intègre de ses équipes au Sharjarhere et, à cause de lui, elle risquait de perdre son travail. La culpabilité livrait en lui une bataille acharnée contre son propre besoin de justice. Comment pourraient-ils tous deux voir leurs désirs légitimes satisfaits quand ils étaient tellement contraires ? Une sueur froide le glaça jusqu'aux os. Elle vivait exactement ce contre quoi il s'était battu : l'injustice, la trahison, la perte. Autant de sentiments qu'il connaissait intimement. Il était bien placé pour savoir l'étendue de la colère qu'elle ressentait.

— Alors, croyez-moi, *votre Grâce*, que cela me prenne un an ou dix, je trouverai une preuve. Parce qu'il y a toujours des preuves. Vous n'avez pas agi seul, c'est impossible. Je vais donc remonter la piste de tous ceux que vous avez croisés ces six derniers mois et je trouverai. Si vous essayez de déplacer la toile, je le saurai ; si vous tentez de la vendre, je le saurai. Vous êtes peut-être un businessman richissime avec des contacts partout sur la planète, seulement, je ne vis et ne respire que pour l'art depuis ma naissance. Alors j'utiliserai tous mes contacts pour m'assurer de retrouver le véritable Durrántez.

Pendant qu'elle parlait, Sebastian avait heureusement eu le temps de reprendre quelque peu contenance, aussi commenta-t-il sèchement :

— Quel discours !

Pourtant, il était bien loin de ressentir ce que son ton laissait entendre. En vérité, il était empli d'une admiration sans bornes pour cette femme. Face au défi et au désespoir, elle s'élevait, glorieuse, sublime, fascinante. Il brûlait de l'atteindre, de la saisir, de dompter cette puissance incroyable.

Seulement, si elle faisait ce qu'elle venait de lui promettre, il ne serait pas le seul à en payer le prix. Toutes les personnes impliquées avaient bien entendu participé à l'opération en toute connaissance de cause. Néanmoins, elles avaient aussi placé leur confiance en lui. Dans ce plan dont il leur avait assuré qu'il se déroulerait sans anicroche. Il était hors de question qu'il laisse qui que ce soit être puni pour la seule chose véritablement égoïste qu'il ait jamais faite.

Sia décroisa ses longues jambes et marcha jusqu'à l'ouverture de la cage. Incapable de la laisser partir, Sebastian la rejoignit et posa la main sur la sienne, qu'elle avait mise sur l'armature métallique couverte de vigne vierge. Comme elle se tournait vers lui, leurs visages ne furent plus qu'à quelques centimètres l'un de l'autre.

— Je vais trouver ce qui s'est passé, dénicher vos complices et dire la vérité au monde, asséna-t-elle.

Les flammes d'or qui dansaient dans ses yeux bleus le captivaient. La fierté que révélait son port de tête le fit sourire malgré lui. Puis son regard descendit sur son dos nu, ce qui eut pour effet immédiat de le faire durcir. Cette femme le fascinait, l'excitait et l'amusait. S'il n'y prenait garde, elle aurait raison de lui. Suivant son instinct, il saisit son poignet et la ramena vers lui comme elle s'apprêtait à sortir de leur écrin de verdure secret.

— Vous jouez un jeu dangereux, prévint-il.

— C'est vous qui l'avez commencé.

Il ne pouvait certes le nier.

— J'ai une offre à vous faire, lâcha-t-il.

Il venait de monter un plan dans sa tête en quelques secondes, poussé par la panique du moment. Cependant, il était précisément bon pour prendre rapidement les meilleures décisions. Il avait donc passé en revue toutes les options, et celle-ci était la meilleure pour découvrir à quel point exactement Sia Keating représentait un danger.

Ne fallait-il pas garder ses amis près de soi et ses ennemis plus près encore ?

— Vous pensez pouvoir acheter mon silence ?

— Pourquoi voudrais-je faire une telle chose ?

— Parce que vous avez volé cette toile !

— Je n'ai jamais admis avoir fait ça. Ce n'est pas pour autant que je peux vous laisser m'accuser partout de ce crime ! De telles accusations ne sont pas franchement bonnes pour les affaires, dit-il pour se justifier en exagérant son agacement.

— Quelles affaires ? Celles du voleur d'art ou de l'hôtelier ?

— Si j'étais coupable de ce dont vous m'accusez, les deux, j'imagine.

Devant sa nonchalance affichée, il pouvait sentir la frustration qui la faisait frémir.

— Et si je vous donnais deux semaines ?

— Deux semaines pour quoi ?

— Deux semaines pour bénéficier d'un accès illimité à ma vie. Vingt-quatre heures sur vingt-quatre, pendant quatorze jours. Si, à la fin de ce délai, vous n'avez trouvé aucune preuve, vous abandonnerez votre chasse. Vous repartirez et ne porterez plus jamais d'accusations infondées contre moi.

— Deux semaines ? répéta-t-elle lentement, comme si elle réfléchissait effectivement à sa proposition.

— Vous devriez vous estimer heureuse, en général ma tolérance à la gent féminine ne dépasse pas deux jours, ajouta-t-il avec goujaterie.

— Je n'ai rien à voir avec votre choix habituel de compagnie féminine, j'imagine, répliqua-t-elle d'un ton si glacial qu'il dut retenir un sourire impressionné.

— Je commence à m'en rendre compte…

— Et si je trouve une preuve ? Si je découvre le tableau ?

Il lui adressa son sourire le plus prédateur.

— Si je suis assez stupide pour laisser une telle preuve ou même la toile sur votre chemin, je vous laisserai en faire ce que bon vous semblera.

Sia n'en croyait pas ses oreilles. Non seulement il l'estimait visiblement incapable de mener à bien la mission qu'elle s'était donnée mais, en outre, il continuait de se moquer d'elle. Elle serra les poings si fort qu'elle sentit ses ongles s'enfoncer dans ses paumes.

Elle devait à tout prix prouver sa culpabilité. Or, elle ne se faisait guère d'illusions : elle n'avait ni assez d'argent ni assez de contacts pour enquêter aussi efficacement que deux semaines au plus près de lui le lui permettraient. Néanmoins, elle n'était pas naïve au point de croire que sa suggestion était aussi innocente qu'il l'affirmait.

— Qu'est-ce que cet « accès » à votre vie implique exactement ?

— Vous pourrez m'accompagner partout où je me rendrai. Vous pourrez rester avec moi lors de chacun de mes rendez-vous professionnels ou privés. Me surveiller du petit déjeuner au dîner si cela vous chante.

— Vous aviez dit vingt-quatre heures sur vingt-quatre…

— Oh ! mais vous êtes plus que bienvenue si vous souhaitez également partager mes nuits, Miss Keating, ajouta-t-il d'une voix de velours qui la fit frissonner. Mon lit est largement assez grand.

— Et votre ego l'est trop, répliqua-t-elle sévèrement, pour se défendre contre ses propres émotions.

Bien sûr, il trouva le moyen de s'amuser de son insulte.

— À votre convenance, alors. Mes propriétés sont toutes assez grandes pour vous laisser le choix d'une chambre d'amis. Enfin, si vous ne craignez pas de me voir faire disparaître ce fameux tableau volé pendant que vous dormez.

— Je n'aurai aucune confiance en vous tant que je n'aurai pas de quoi vous dénoncer.

— C'est plus sage, en effet, admit-il avec un petit sourire en coin.

— Qu'est-ce qui vous arrange dans le fait que j'enquête directement plutôt qu'à distance ?

Il fit mine de réfléchir à la question. Il la dévisagea lentement - non pas avec cette sensualité sans fard qui lui faisait battre le cœur plus vite, mais avec calcul, comme s'il évaluait un adversaire. Étrangement, elle se sentit réconfortée par cet examen. En dépit de son attitude condescendante, il l'estimait suffisamment inquiétante pour l'étudier.

— Absolument rien. D'ailleurs, si cela peut vous rassurer, je vous accorderai une question par jour, à laquelle je m'engage à répondre avec toute l'honnêteté requise, quelle qu'elle soit.

— Une seulement ? ironisa-t-elle, pour prendre le temps d'enregistrer cette nouvelle clause inattendue à leur accord.

— C'est bien plus que ce que j'ai accordé à quiconque dans ma vie.

Elle ne douta pas qu'il disait vrai. C'était son unique chance, elle le sentait.

— Très bien. J'accepte.

— Vous allez expérimenter un sacré bouleversement de votre quotidien pour les deux semaines à venir, prévint-il.

— Ce ne sera pas un problème.

— Donc… Aucun mari ni amant jaloux qui risquerait de me poursuivre avec une fourche ?

Son ton avait beau être léger, il n'y avait nulle trace d'humour dans ses yeux, seulement une curiosité dangereuse.

— Non, mais notez toutefois que j'ai ma propre fourche.

— Tant mieux pour vous !

Sa nonchalance ne fit que l'exaspérer davantage. Ce type ne se laissait-il jamais déstabiliser ?

— Ne voulez-vous pas que vos avocats établissent un contrat en bonne et due forme ? questionna-t-elle, surprise qu'il ne l'ait pas mentionné.

— Un accord de gentleman me suffira. Une parole d'honneur, si vous préférez.

— Vous n'êtes pas un gentleman, répliqua-t-elle, les mâchoires serrées.

— Dans ce cas, peut-être que *vos* avocats pourront se charger de la paperasse ?

Son silence en disait assez, et son petit air satisfait mit le comble à sa fureur.

— C'est bien ce que je pensais, dit-il avec morgue en tirant de sa poche une petite carte avec ses coordonnées. Je vous verrai donc à 9 heures demain matin.

Et il passa devant elle pour s'éloigner. Déconcertée, Sia sentit un grand froid l'envahir après son départ. Ses doigts se resserrèrent mécaniquement autour de la carte.

Que le jeu commence, Sebastian !

4.

Premier enquêteur : Laissez-moi récapituler. Le duc de Gaeten vous a proposé de… quoi, exactement ? Vivre avec lui pendant deux semaines ? Et vous avez accepté ?

Miss Keating : Absolument.

Premier enquêteur : Après que vous lui avez dit que vous le soupçonniez d'avoir volé la toile ?

Miss Keating : C'est cela.

Premier enquêteur : Alors qu'il savait que vous cherchiez des preuves pour l'incriminer ?

Miss Keating : Tout à fait.

Second enquêteur : [à voix basse] À quoi ressemblait sa demeure ?

Premier enquêteur : [raclement de gorge].

Second enquêteur : [plus haut] Je veux dire, dans laquelle de ses maisons vous êtes-vous rendue ?

Sia observa la demeure impressionnante qui se dressait devant elle, saisie d'un étrange sentiment de déjà-vu. Comme la veille, elle se trouvait face à une grande porte brillante, si ce n'est que le heurtoir de métal n'était pas une tête de lion, mais un cerf.

Elle pouvait encore faire demi-tour. Elle n'était pas obligée de poursuivre cette entreprise désespérée. Seulement, tout son être se révoltait à l'idée d'abandonner. Il lui avait tout pris ! Si elle n'allait pas au bout, elle ne pourrait plus jamais travailler dans le milieu, ni chez Bonnaire ni ailleurs…

Elle avait déjà tant perdu. Hors de question de perdre aussi son travail. Avec une détermination plus forte que jamais, elle cogna au heurtoir. Un instant plus tard, elle fut invitée à entrer par un majordome en livrée. Comme elle le suivait le long d'un couloir au carrelage de marbre noir et blanc, Sia fut surprise de sentir l'air se réchauffer, et son nez perçut une vague odeur de chlore.

Elle en comprit bientôt l'origine lorsque le majordome la laissa devant une piscine intérieure d'un bleu soutenu. Toute la salle qui accueillait l'installation sportive avait été peinte dans des teintes de grès, ce qui donnait une atmosphère à la fois chaleureuse et secrète à l'endroit. Le long du bassin, des arches de pierre s'élevaient, recouvertes d'une végétation dense et odorante qui masquait légèrement les senteurs de chlore.

Le clapotis de l'eau attira soudain son attention, et elle fut stupéfaite de voir Sebastian émerger des profondeurs à l'autre bout de la piscine. Elle resta sans voix tandis qu'il rejetait ses cheveux mouillés en arrière et plantait le regard dans le sien. Il posa les paumes à plat sur le rebord et se hissa sans effort hors de l'eau.

Sia ne parvenait plus à penser. La dernière fois qu'elle avait vu un homme en maillot de bain, c'était sur la plage de Brighton, des mois plus tôt. Le spectacle n'avait cependant rien de comparable. Les plaisanciers portaient de longs maillots informes sur des jambes maigrichonnes et rougies par le soleil comme seules les peaux blanches des Anglais le sont.

Sebastian, en revanche, était une véritable œuvre d'art, et c'est d'ailleurs ainsi que son regard analysa chaque détail de son corps sculptural. Ses yeux s'arrêtèrent sur les gouttelettes qui tombaient de ses mèches humides sur ses larges épaules. Fascinée, elle admira les pectoraux et les abdominaux ciselés sous la peau dorée. Elle brûlait de tendre la main pour en caresser les contours. Plus bas, son bassin s'étrécissait légèrement. Ses jambes musclées achevaient de compléter un corps qui aurait pu servir de modèle aux sculpteurs pour représenter la perfection masculine.

Sia lutta pour conserver un regard objectif, purement professionnel. En vain. Elle avait pourtant étudié le corps humain sous toutes les coutures, sans doute autant que les médecins. Elle avait restauré des peintures illustrant des scènes d'une sensualité affolante, suivi du doigt les courbes du marbre… Elle n'avait cependant jamais vu tout cela réuni en un homme de chair et de sang, aussi ne put-elle s'empêcher de rougir.

Horrifiée de sentir son visage s'enflammer, elle se mordit la lèvre pour lutter contre l'attraction irrésistible qu'il exerçait sur elle. Quand elle leva enfin les yeux sur son visage, elle vit à son air triomphant qu'il avait parfaitement conscience de son effet sur elle.

— Vous voilà ! lança-t-il en guise de salut. Il fait toujours assez chaud ici pour qu'on ne grelotte pas en sortant de l'eau. Si vous voulez vous changer pour être plus à l'aise, vous pouvez emprunter les peignoirs disponibles.

— J'aimerais autant ne pas emprunter les vêtements de votre petite amie, répliqua-t-elle d'un ton plus acerbe qu'elle ne l'aurait voulu.

— Les peignoirs sont mis à disposition des invités. Ma petite amie n'en aurait pas besoin.

Comme il se tournait pour prendre sa serviette, elle découvrit la ligne de son dos et se raidit en réprimant le besoin puissant d'enfoncer les ongles dans les muscles de ses épaules.

— Petit déjeuner ? proposa-t-il en reprenant le couloir qu'elle venait d'emprunter.

Ses pieds nus laissaient des traces humides qui disparaissaient presque aussitôt sur le sol. Sia fut soudain prise de l'étrange désir de mettre ses pas dans les siens, comme pour se glisser dans son univers fait de majordomes en livrée, de piscines intérieures et de baignade nu.

Sebastian était bien trop conscient de la présence féminine dans son dos tandis qu'il rejoignait la salle à manger. Jusqu'à présent, il ne s'était jamais préoccupé de marcher pieds nus de la piscine à la table du petit déjeuner sans rien porter d'autre que sa serviette par-dessus son maillot. D'ordinaire, il se moquait que sa peau et ses cheveux soient encore mouillés. Seulement, aujourd'hui, *elle* était là, toujours impeccablement vêtue mais sans le moindre centimètre de peau nue, et il attrapa le peignoir que son majordome avait laissé à tout hasard près de la table où le petit déjeuner avait été servi.

Avant que Sia arrive, il avait espéré qu'il avait seulement imaginé le pouvoir que sa beauté avait sur lui. Il avait tenté de se convaincre que c'étaient les lumières tamisées, le décor, le choc de ses révélations qui avaient déclenché en lui cette réaction irrépressible. Hélas, une fois face à elle, il ne pouvait plus se mentir. C'était toujours là... L'électricité, l'énergie puissante qui vibrait entre eux. Impossible de dire si elle la ressentait aussi. Parfois, il lui semblait que oui, d'autres fois, elle se montrait insondable.

Il lui fit signe de prendre place avant de s'asseoir à son tour. Devant la débauche de nourriture étalée devant eux - cafetière fumante, fruits frais, croissants, sélection de charcuterie et œufs mollets –, Sebastian retint un rire. Son majordome avait décidé de fêter dignement l'arrivée de son invitée ! Que dirait Sia s'il lui apprenait que d'ordinaire il mangeait simplement quelques tranches de pain avec son café ? Elle ne le croirait sans doute pas.

— Un peu de café ?

Il la servit avant même qu'elle ait acquiescé.

— Alors c'est cela votre quotidien ? Piscine et petit déjeuner de luxe ?

— Vous voulez savoir ce que je fais de mes journées ? Le moins possible ! lança-t-il en faisant mine de ne pas avoir remarqué son ton légèrement présomptueux qui en disait long sur ce qu'elle pensait de son mode de vie.

Un mensonge de plus. La vérité, c'est qu'il avait passé la nuit à travailler et qu'il n'avait terminé qu'à 6 heures du matin de gérer la crise qui s'était déclarée dans son établissement de Hong Kong. Il était épuisé et ne tenait que grâce aux centaines de cafés qu'il avait ingurgités ces huit dernières heures. Mais il ne lui laisserait jamais voir la moindre faiblesse.

Sia, en revanche, était fraîche comme une rose. Elle était vêtue d'un T-shirt blanc avec un col en V, qui disparaissait à la taille dans un large pantalon de lainage bleu. Sebastian eut la nette impression qu'il s'agissait des vêtements qu'elle portait dans sa vie professionnelle. Ils étaient bien coupés et de bonne facture, ce qui était bien sûr nécessaire puisqu'elle était en contact avec de riches clients - familles royales, milliardaires… Tout le monde ne possédait pas d'œuvres d'art estimées à plusieurs millions. Pourtant, Sebastian se fit la réflexion que ses vêtements ne lui ressemblaient pas. Ce n'était pas elle.

Il dut détourner le regard lorsqu'elle prit sa tasse. La vue de son poignet fin, de sa peau - qui lui avait paru pâle la veille, mais avait la teinte d'un miel crémeux à la lumière du jour –, suffisait à le faire réagir. Imaginer le contraste entre cette peau satinée et la sienne, mate, le fit durcir aussitôt. Au lieu de se laisser aller à ce genre de pensée dangereuse, il se concentra sur la minuscule valise qui avait été déposée près de la porte ouverte.

— C'est tout ce que vous avez apporté ?

Il avait posé la question sans réfléchir, et ce fut son absence totale de mouvement qui lui fit prendre conscience de sa maladresse. La plupart des gens réagissaient quand ils étaient blessés - ils clignaient des paupières, se raidissaient… Elle resta parfaitement immobile, et il entendit dans son silence la violence de sa réponse. Il n'y avait que cela parce que c'était tout ce qu'elle pouvait se permettre.

Sebastian se sentit affreusement mal.

Après avoir à peine picoré un fruit, Sia déclara :

— J'aimerais jeter un œil aux alentours.

Comme il lui faisait signe de faire à sa guise, elle demanda, surprise :

— Vous ne voulez pas… me faire visiter ? Je peux aller où je veux ? Seule ?

— Je n'ai rien à cacher, répliqua-t-il tranquillement en buvant une gorgée de café.

— *Ici*... Vous n'avez rien à cacher *ici*, précisa-t-elle avec amertume.

Il leva un sourcil interrogateur dans sa direction.

— Vous avez assez fièrement fait état de vos multiples hôtels dans le monde, sans compter au moins trois résidences personnelles, celle-ci à Londres, une à Sienne et une autre à New York, je me trompe ? Il est peu probable que vous me laisseriez un accès total à cette demeure si la toile s'y trouvait. Néanmoins, au cas où vous seriez en train de bluffer, je vais tout de même faire un tour.

— Absolument, l'encouragea-t-il joyeusement. Et, quand vous aurez fini votre enquête, Benjamin vous montrera votre chambre. Pendant ce temps-là, j'ai d'importantes occupations luxueuses auxquelles m'adonner. Si vous avez besoin de moi, n'hésitez pas, je serai tout à vous.

Ces derniers mots, clairement tendancieux, tournaient et retournaient dans sa tête tandis que Sia attaquait les marches de la maison de cinq étages. En dépit de ce qu'elle avait affirmé, elle savait qu'il ne bluffait pas en lui laissant l'accès complet à sa demeure. La peinture n'était pas là. Seule une curiosité déplacée l'incitait à visiter ces lieux. Cela et le besoin de s'éloigner de lui au plus vite.

Alors qu'elle avançait à pas lents le long de couloirs tapissés d'œuvres d'art, sa déception de ne pas trouver la toile se transforma bientôt en stupéfaction émerveillée, puis en confusion. Tout cet art... Cela n'allait pas avec l'homme imbu de sa personne dont il donnait l'apparence. Sa collection d'art était incroyable. Toutefois, tout y était guindé, comme l'héritage d'une vieille famille conservatrice. Rien ne parlait du play-boy charmeur. Elle se serait attendue à trouver une toile de la série de Coolidge des *Chiens jouant au poker* entre un Vermeer et un Rembrandt, mais non... Il n'y avait rien de *fun* ou d'inattendu dans la suite de ces classiques.

Et tout cet espace... Qu'est-ce qu'un célibataire pouvait

bien faire d'une telle superficie ? De plus en plus intriguée, elle poussa une nouvelle porte qui la conduisit dans une autre chambre vide. Chacune de celles qu'elle avait déjà visitées était parfaitement nette, comme si elles attendaient d'être investies d'un instant à l'autre. Sia sentit son cœur se serrer en prenant conscience de la solitude qui habitait cette maison.

En haut d'un énième escalier, elle découvrit un étage tout à fait semblable aux deux précédents qu'elle venait de parcourir. Elle ne prêtait déjà plus la même attention aux peintures qui s'alignaient sur les murs. Elle retint un rire nerveux. Sebastian était-il devenu indifférent à leur beauté comme elle-même se sentait peu à peu engourdie devant cette accumulation sans fin d'œuvres d'art ? Après moins d'une heure dans son univers, elle ne s'émerveillait déjà plus de découvrir si le prochain tableau serait un Picasso ou un Degas. Cela dit, à l'instant où elle formulait cette pensée déprimante, elle leva les yeux avec empressement dans l'espoir qu'il puisse effectivement s'agir d'un Degas. Bon, elle n'était pas encore totalement blasée…

Elle poussa une nouvelle porte et vit aussitôt que cette pièce-ci n'était pas comme les autres. Les draps étaient en désordre, et les oreillers portaient encore la trace d'un dormeur tandis que l'air recelait un parfum désormais familier. Sia fut incapable de détourner le regard de l'immense lit et elle en était à calculer combien de personnes pouvaient s'ébattre sur un matelas aussi large quand quelque chose dans le coin de la pièce attira son attention.

Elle écarquilla les yeux d'horreur en découvrant une silhouette à demi nue. Cette fois, c'était une serviette de toilette qu'il avait autour de la taille.

— Il faut vraiment que nous arrêtions de nous croiser dans ces circonstances ! lança-t-il.

Sia émit un petit cri affolé avant de s'enfuir de la chambre, poursuivie par le rire moqueur de Sebastian.

Avoir une autre personne entre ces murs était une sensation tout à fait étrange. Sebastian n'invitait jamais ses conquêtes ici, contrairement à ce qu'il avait affirmé au bord de la piscine. Alors, l'avoir, *elle*, dans la maison lui faisait ressentir… toutes sortes d'émotions inconnues. Il ne savait pas comment réagir.

Ainsi, ce n'est qu'à la moitié de son dîner qu'il s'était soudain demandé si elle aurait voulu se joindre à lui. Benjamin lui apprit cependant qu'elle avait demandé à être servie dans sa chambre.

À contrecœur, Sebastian dut admettre qu'il n'avait pas anticipé les changements que sa présence impliquait dans son quotidien. Il lui avait proposé cet accord parce que ceux qui l'avaient aidé méritaient sa protection. Avec cette nécessité en tête, il demanda à Benjamin de proposer à Sia de monter sur la terrasse partager un verre avec lui après le dîner.

Depuis le toit-terrasse qui surplombait Londres, Sebastian observa le coucher de soleil en songeant à l'énigme que représentait Sia Keating. Il était surpris qu'elle ne lui ait pas encore posé la question à laquelle elle avait droit. Il avait cru que ce serait la première chose qu'elle demanderait en arrivant le matin.

Elle était suffisamment audacieuse pour l'avoir approché au Victoriana, puis pour l'avoir accusé de vol. Pourtant, elle avait rougi comme une collégienne au bord de la piscine et elle s'était enfuie de sa chambre quand il était sorti de la douche. Ces contradictions l'intriguaient.

— Votre maison est vraiment magnifique.

Comme elle avançait vers lui dans sa stricte tenue d'expert de l'art, il chercha en vain le moindre froissement ou le moindre cheveu échappé de son chignon. Il prit le temps de l'observer depuis le fauteuil dans lequel il s'était installé pour profiter des dernières lueurs du jour. Puis il se leva et lui fit signe de s'asseoir dans le fauteuil disposé de l'autre côté de la petite table. Son regard sembla s'adoucir légèrement devant ses bonnes manières.

— Ce n'est pas ma maison.

Son ton un peu sec en trahissait plus qu'il ne l'aurait voulu, et elle s'en rendit bien évidemment compte.

— Alors où est votre maison ? demanda-t-elle en souriant à Benjamin qui lui présentait un verre de vin.

— Est-ce que c'est votre question ?

— Non, pas celle à laquelle vous avez juré de répondre honnêtement selon notre accord, corrigea-t-elle en s'asseyant.

— Ma résidence principale est à Sienne. C'est la première demeure que j'ai achetée après avoir quitté l'Espagne.

— L'Espagne vous manque ?

Il prit le temps de réfléchir avant de répondre :

— Parfois… C'est un sentiment étrange de se dire que vous ne serez jamais autorisé à rentrer dans votre pays d'origine.

— À quand remonte la dernière fois que vous y étiez ?

— J'avais dix-huit ans. Mon père a choisi les mauvais associés en affaires et il a par ailleurs convaincu d'autres grands noms de la noblesse de participer. Alors, quand le deal en question s'est… écroulé, nous n'avons pas été les seuls à tout perdre. La honte que cela a fait rejaillir sur notre famille et sur toute l'aristocratie a été immense. La famille royale ne nous l'a pas pardonné et, comme mon père était le principal investisseur, nous avons été punis d'exil.

Sebastian s'interrompit, rattrapé malgré lui par les souvenirs. Les faits seuls étaient loin d'exprimer l'horreur de ce qui leur était réellement arrivé. Sebastian revoyait encore des hommes brutaux pénétrer de force dans leur maison et arracher toutes leurs possessions pour les jeter au sol. Eduardo restait immobile, assis au milieu du salon, un verre à la main, tandis que Valeria lui hurlait des injures. Et la pauvre Maria restait pétrifiée en haut de l'escalier dans sa chemise de nuit, les yeux agrandis d'effroi devant ce chaos dont elle ne comprenait pas la cause. Enfin, Sebastian était parvenu à faire sortir les hommes de main de chez eux en leur disant de revenir avec la police et des documents légaux pour la perquisition.

Quand il avait compris que son père était incapable de faire quoi que ce soit, il n'avait plus eu le choix. En moins de vingt-quatre heures, il avait contacté des avocats, fait l'inventaire de toutes leurs possessions et de ce qui leur resterait une fois que l'État espagnol aurait saisi leurs biens. Avec l'aide des quelques membres du personnel qui étaient restés malgré leur déchéance, il s'était organisé pour que les bagages de Maria soient faits et avait dit à Valeria de s'occuper d'elle et de son mari. Par miracle, il leur restait encore un domaine, hérité de la famille de sa mère et donc antérieur à son mariage avec Eduardo.

Hélas, ce refuge n'était pas resté dans la famille bien longtemps. Au cours des mois qui avaient suivi, Sebastian avait été forcé de vendre absolument tout ce qui n'avait pas été accaparé par l'État. Il n'avait gardé qu'un unique objet pour Maria : le collier favori de leur mère. Rien pour lui. En partie parce qu'il n'y avait qu'une chose qu'il souhaitait conserver de son enfance et que même cela lui avait été arraché. Il lui avait fallu patienter près de vingt ans pour obtenir enfin ce qu'il souhaitait le plus au monde.

— Cela a été plus difficile pour Maria, conclut-il d'une voix tendue. Elle n'avait que huit ans quand c'est arrivé. Elle a dû quitter sa maison, ses amis, son école… C'était compliqué.

Au son de sa voix rendue rauque par une émotion encore vivace, Sia sentit une compassion profonde l'envahir. Elle-même n'avait que sept ans quand son univers avait été bouleversé et que sa vie avait définitivement changé.

— Et vous ? demanda-t-elle.

Elle fut consciente de son regard qui s'attardait sur elle dans l'ombre grandissante de la nuit tombée. Puis il détourna les yeux. Fascinée, elle le vit refermer ses lèvres sensuelles sur le verre. Heureusement, la brise douce rafraîchit sa peau brûlante, et elle s'obligea à fixer l'horizon au-dessus de la ville. Pouvoir le faire depuis cette terrasse était une expérience unique dans une vie. Au-dessus de leur table, un treillis entrecroisé supportait les assauts d'une clématite. Tout autour du splendide rooftop, de larges pots contenaient des arbustes et des plantes diverses, une végétation qui faisait oublier qu'ils se trouvaient dans l'une des villes les plus fourmillantes du monde.

— Pourquoi Henri ? demanda-t-il en la tirant de sa contemplation.

Sia songea un instant à ne pas répondre puisqu'il n'avait pas non plus répondu à sa question. Seulement, elle ne voulait pas se le mettre à dos, car il devrait coopérer quand elle lui poserait sa question cruciale.

— Henri est le surnom de Henrietta - mon second prénom. Mon père m'appelait ainsi quand j'étais enfant et que nous vivions encore ensemble.

— Encore ? Que s'est-il passé pour que vous ne viviez plus avec lui ?

La curiosité se lisait dans ses iris brillants.

— Vous n'avez chargé personne d'enquêter sur moi ?

— Où serait le plaisir si je l'avais fait ? Vous êtes déterminée à fouiller ma vie et ma personnalité pour les deux semaines à venir, peut-être que j'en ferai de même.

— Vous ne savez vraiment pas ? souffla-t-elle, interdite.

Pour toute réponse, il étrécit le regard.

— Mon père était John Keating.

Le choc se peignit sur son visage.

— Comme le…

— Comme le plus célèbre faussaire de toute l'Europe. L'homme dont les profits ont été estimés à plus de dix millions de livres. L'homme qui a été donné à la police par sa propre femme. Ce John Keating-là, confirma-t-elle. Vous voyez, je suis plutôt habituée à côtoyer l'infamie.

Elle avait prononcé ces derniers mots pour égratigner son ego mais, ce faisant, elle venait de rouvrir une plaie qu'elle pensait refermée depuis longtemps. Pourtant, elle fut incapable de s'arrêter là.

— Après l'arrestation publique de mon père et le scandale de la trahison de ma mère, je suis partie chez ma tante Eleanor. Elle est en tout point l'opposé de sa sœur : conservatrice, stable, célibataire - même si, en l'occurrence, je crains que ma présence n'ait fait fuir les quelques rares prétendants qui étaient parvenus à percer son armure de mépris. Cependant, elle m'a accueillie alors qu'elle n'avait que peu d'argent et aucune obligation de le faire.

Même si sa vie n'avait pas toujours été rose auprès d'Eleanor, Sia se sentait toujours redevable envers sa tante.

— Elle est de votre famille, et vous n'étiez qu'une enfant, bien sûr qu'elle avait une obligation vis-à-vis de vous ! déclara Sebastian, comme s'il affirmait que la terre tournait autour du soleil.

Cependant, Sia ne partageait pas sa conviction parce que, alors, qu'est-ce que cela disait de sa propre mère qui ne s'était pas occupée d'elle ?

— Eleanor m'a inscrite dans une bonne école et elle m'a donné les limites qui me manquaient dans ma vie avec John et Michaela.

— Où est votre mère maintenant ?

— Sans doute à demi ivre dans le lit d'un homme marié.

Une fois n'est pas coutume, Sia sut qu'elle l'avait surpris. Elle-même n'était plus surprise par le comportement de ses parents depuis des années.

— De toutes les carrières que vous pouviez choisir, pourquoi l'expertise artistique ?

— J'ai ça dans le sang, répondit-elle simplement.

— Posez-moi votre question, exigea-t-il soudain. La vraie.

— Pourquoi le cheikh Abrani a-t-il affirmé que sa toile est un faux alors que ce n'était pas le cas ?

Premier enquêteur : Pourquoi poser cette question ?

Miss Keating : Parce que ce n'était pas celle qu'il attendait.

Second enquêteur : Pourquoi ne pas lui avoir demandé où était la toile, tout simplement ?

Miss Keating : Parce qu'il aurait trouvé un moyen de contourner la question.

Second enquêteur : Il avait promis de dire la vérité…

Miss Keating : Et alors ? Il aurait répondu quelque chose comme « en sécurité » ou bien « dans un coffre », et je n'aurais pas été plus avancée.

Second enquêteur : hum, admettons…

C'était bien la dernière chose qu'il s'attendait à entendre sortir de sa bouche. Toute la journée, il avait essayé de deviner dans quelle direction elle choisirait d'orienter son enquête. Mais ça… C'était tellement éloigné de ce qu'il avait prévu, tellement malin…

— Je ne suis pas certain de voir comment je pourrais connaître la réponse à cette question, dit-il lentement.

— Essayez toujours, répliqua-t-elle froidement.

Sebastian choisit ses mots avec soin.

— Le cheikh pourrait ne pas admettre le vol parce qu'il est dans son intérêt de ne pas ébruiter un tel scandale ?

— Pourquoi ?

— S'il y avait une enquête pour vol, la police serait impliquée, et ils découvriraient qu'Abrani est loin d'être un pilier de sa communauté.

— Ce vol lui a coûté cent millions de livres ! rétorqua Sia.

— En toute logique, il ne reste qu'à imaginer la somme qu'il cherche à protéger de toute investigation criminelle.

— Que voulez-vous dire ?

Sebastian poussa un léger soupir.

— Que savez-vous du cheikh ? demanda-t-il.

— Je ne l'ai rencontré qu'une seule fois, lors de l'expertise du Durrántez, au Sharjarhere.

— Et qu'avez-vous pensé de lui ?

Sia prit le temps de réfléchir, car elle avait l'intuition qu'il s'agissait d'un test.

— J'ai rapidement été présentée à lui, et puis il est parti. Je ne peux pas dire qu'il m'ait impressionnée par sa chaleur humaine et sa joie de vivre. Cela dit, il n'avait aucune raison de me manifester l'une ou l'autre.

Si elle était honnête, le peu de temps qu'elle l'avait vu, elle n'avait pas apprécié la façon dont Abrani traitait ses employés, ni l'atmosphère qui régnait entre les murs de son palais… Un mélange de peur et de coercition.

— Laissez-moi vous apprendre quelque chose à propos du

cheikh. Comme bon nombre de gouvernants, il est bien éduqué, immensément riche, doté de connexions à travers le monde entier… En surface, quand il s'en donne la peine, il apparaît comme un homme ouvert d'esprit et intéressé par les questions écologiques, et il a été l'un des premiers signataires des accords de Paris sur le climat.

— Je vois mal ce qu'il y a de condamnable dans tout cela, rétorqua-t-elle en sachant pertinemment qu'il y avait une suite.

Une suite qu'elle était certaine de ne pas aimer.

— Ce qu'il y a de condamnable c'est ce qu'il y a *sous* la surface : un despote qui n'hésite pas à appuyer sur la tête de quiconque s'il estime avoir été offensé ou si quelque chose n'est pas fait comme il l'entend. Sa vengeance est cruelle, à la limite de la psychopathie. Il y a dans les profondeurs de son palais des cachots où des membres de sa famille sont retenus et torturés pour son seul plaisir. Leur crime ? Vouloir quitter le pays. Quatre de ses filles ont été mariées au profit d'alliances politiques avant même d'avoir eu seize ans. La plus jeune a pu échapper à ce triste destin parce qu'il a littéralement parié sa main au jeu ! Imaginez-vous, Sia, que sa fille a considéré que c'était une bonne chose parce que c'était le seul moyen pour elle d'obtenir un semblant de liberté.

— Mon Dieu… Quelle horreur ! C'est inconcevable.

— Inconcevable que Bonnaire fasse affaire avec un tel homme ? lâcha-t-il en ricanant.

— Je n'arrive pas à y croire, répéta-t-elle, alors que la vérité de ses mots se faisait peu à peu jour en elle.

C'était comme si ce qu'elle apprenait sur le cheikh donnait sens à une intuition jusque-là lointaine et vague.

— Sia, vous qui êtes si douée pour repérer mensonges et contrefaçons, dites-moi si je mens.

Elle ne voulait pas. Elle ne voulait surtout pas lever les yeux et croiser son regard. Parce qu'elle savait ce qu'elle y trouverait : une sincérité absolue. Tout à coup, une vague de fureur monta en elle. Sans Sebastian, elle n'aurait rien su de ce vol, des mensonges, du népotisme, des pauvres gens captifs, des mariages forcés et des potentiels marchés illégaux qui avaient cours chez son employeur.

Il dut sentir sa tension soudaine, car il déclara :

— Vous devriez aller au lit. Nous avons une grosse journée qui nous attend demain.

— Pourquoi cela ?

— Parce que, demain, nous partons pour les Caraïbes.

— Pardon ?

— Vous n'êtes pas obligée de m'accompagner, bien sûr. Je m'en tiens juste à notre accord qui stipule que vous serez mon ombre pendant les prochains jours. Je ne peux pas arrêter mes affaires pour vous, Miss Keating.

— Je croyais que vos affaires consistaient à en faire le moins possible !

— Tout à fait… J'aime simplement être entouré du plus de beauté possible pendant que je m'y adonne.

Sia frémit sous son regard. Comment parvenait-il à lui donner l'impression qu'il parlait d'elle et non du décor paradisiaque des Caraïbes ? Ce type l'exaspérait ! Sans parler de la frustration qu'elle ressentait à se voir ainsi envoyée au lit comme une gamine !

Néanmoins, elle commençait à comprendre comment fonctionnait Sebastian. Il mêlait sans cesse faux-semblants et vérités afin qu'elle ne puisse jamais savoir à quoi s'en tenir avec lui. Et il n'avait pas tort : pour affronter un tel adversaire, elle avait besoin de toutes ses ressources et d'une bonne nuit de sommeil…

Sebastian resta sur la terrasse pendant encore une bonne heure après le départ de Sia. Tandis qu'il rassemblait les informations qu'elle lui avait livrées pêle-mêle en un tout cohérent, il prit conscience des épreuves qu'il lui avait fallu surmonter pour poursuivre une carrière dans un milieu où son nom de famille n'était pas seulement infamant, mais également synonyme de trahison aux yeux de ses potentiels employeurs.

Il se sentait à la fois impressionné et atrocement mal. Jamais Sia n'aurait dû évaluer le tableau, c'était le rôle de Sean Johnson, un homme qui méritait amplement d'être mis à pied. Il tenta d'ignorer le goût acide de la culpabilité dans sa bouche. Il avait vraiment tout fait foirer dans la vie de Sia ; mais, pour le moment, il ne voyait aucun moyen d'arranger les choses sans perdre tout ce pour quoi il avait travaillé si dur.

En la congédiant comme une enfant tout à l'heure, il l'avait mise en colère, cependant il n'avait pas eu le choix : il ne voulait pas voir ses défenses s'effondrer. Or, il avait bien vu à quel point elle avait été perturbée en découvrant dans quel univers mouvant et sombre elle avait mis les pieds.

5.

Premier enquêteur : Si je comprends bien, la raison pour laquelle vous n'avez pas répondu à nos appels, c'est que vous vous trouviez dans un avion au-dessus de l'Atlantique avec l'homme que vous pensiez responsable du vol d'un tableau dans les locaux de Bonnaire ?

Miss Keating : Je pense plutôt qu'il a volé directement la toile au cheikh Abrani, mais... oui. J'y suis allée parce qu'il me semblait possible que la toile s'y trouve.

Second enquêteur : Était-ce le cas ?

Le vent agitait les cheveux de Sia et manqua même la faire vaciller tandis qu'elle se tenait au bas des marches du jet privé. Elle se raidit pour lutter contre sa puissance tout en se retenant d'effacer d'une gifle le sourire suffisant de Sebastian. La cause de cet insupportable sourire se trouvait à ses pieds. Une caisse de bois d'environ cinquante centimètres sur soixante, soit les mesures exactes de la *Femme amoureuse* de Durrántez.

— Êtes-vous certaine de ne pas vouloir vérifier à l'intérieur ? se moqua-t-il.

— Non, merci.

Seulement, elle brûlait de vérifier malgré tout, et il le savait ! Était-il assez arrogant et téméraire pour lui mettre l'authentique Durrántez juste sous le nez ? Si elle admettait vouloir vérifier le coffret, elle perdait. Au moins, en ne faisant rien, elle pouvait encore s'accrocher aux lambeaux de sa dignité en feignant l'indifférence à ses pitreries.

Ils se trouvaient pour l'heure sur l'aire de décollage privée d'un petit aéroport près de Londres, et l'air vivifiant lui insufflait une énergie qu'elle ne pensait pas avoir. La veille, en rejoignant sa chambre, elle était persuadée qu'il lui faudrait des heures pour trouver le sommeil et apaiser les milliers de questions qui tournaient dans son esprit. Or, elle avait à peine posé la tête sur l'oreiller qu'elle s'était endormie paisiblement. C'est Benjamin qui avait discrètement frappé à sa porte pour la réveiller peu avant le départ.

En conséquence, elle n'avait pas eu un seul instant pour réfléchir et décider si elle devait ou non accompagner dans les Caraïbes le suspect d'un vol qui se trouvait par ailleurs être un play-boy milliardaire.

Elle pouvait encore dire non, mais alors il lui faudrait retourner dans son minuscule appartement d'Archway et y attendre pendant un mois le résultat de sa suspension sans rien pouvoir faire pour prouver qu'elle n'avait pas commis d'erreur professionnelle. La seule façon de laver sa réputation était de retrouver ce tableau, et le seul moyen d'y parvenir était de suivre Sebastian à la trace… tout en gardant ses distances.

Elle détourna précipitamment le regard de sa silhouette bien trop séduisante. Il portait des lunettes aviator et un T-shirt à col tunisien bleu foncé au-dessus d'un jean parfaitement coupé.

Sia allait lui demander ce qu'ils attendaient pour monter dans l'avion lorsque trois berlines noires arrivèrent sur le tarmac. Elles se garèrent en ligne près du jet, et un homme sortit de celle du milieu, les mains chargées de deux larges sacs marins. Après un signe de tête à Sebastian, il monta les marches et en redescendit presque aussitôt sans son chargement. Aucun mot ne fut échangé et, une minute plus tard, les trois berlines disparurent comme elles étaient venues.

Tandis qu'il lui faisait signe de monter la première, Sia grimpa deux marches avant de lâcher par-dessus son épaule :

— Je n'y crois pas.

— Quoi donc ? demanda-t-il d'une voix qui cachait mal son amusement.

— À tout ce cinéma. Vous avez organisé cette mascarade,

je suis sûre qu'il n'y a rien de plus important dans ces sacs que de la litière pour chat.

— Pour un propriétaire de chat, de la litière serait très importante, répliqua-t-il dans un rire en la suivant dans la cabine.

Comme elle découvrait l'intérieur confortable de l'appareil et levait les yeux au ciel en voyant les deux sacs posés chacun sur un siège, son téléphone se mit à vibrer. Voyant qu'elle ne sortait pas le portable de sa poche, Sebastian s'empressa de dire :

— Je vous en prie, répondez, ne vous gênez pas pour moi.

— C'est inutile.

— Vous êtes sûre ? Cela pourrait être important, et vous ne pourrez plus répondre une fois en vol.

Elle prit enfin son téléphone pour l'éteindre devant lui, l'air parfaitement neutre malgré la nervosité qui lui tordait le ventre. C'était important, en effet, sans quoi Bonnaire n'aurait pas tenté de la joindre quatre fois au cours de la dernière heure.

Seulement, son employeur lui avait imposé cette suspension injuste, et puis... il y avait les révélations de Sebastian qui jetaient une lumière nouvelle sur la moralité de la Maison Bonnaire. Depuis leur conversation de la veille, elle avait réfléchi à sa dernière réunion avec son chef. Pourquoi David n'avait-il pas eu accès à son expertise initiale ? D'ailleurs, lors de cette expertise, pourquoi Abrani ne lui avait-il pas donné les formulaires d'authentification requis ? Il n'était ni habituel ni recommandé de séparer ces documents du tableau.

Si, comme elle commençait à le soupçonner, aucun document d'authentification n'avait été joint, cela signifiait que Bonnaire, avec la complicité de Sean - et involontairement la sienne ! –, avait mis aux enchères un tableau dont la provenance n'était pas authentifiée, ce qui était tout bonnement illégal. Un certificat d'authentification avait en effet valeur de reçu. Ainsi, sans lui, il était impossible de prouver que le cheikh avait acquis son tableau par un moyen légal.

— Je vous en prie, choisissez le siège qui vous convient le mieux, lança Sebastian en la tirant de ses réflexions.

Elle le regarda s'éloigner vers le cockpit et prit place. Comme il ne semblait pas revenir, elle finit par se lever et toqua à la porte du poste de pilotage.

— Entrez.

— Qu'est-ce que vous faites ici ? Où est le pilote ? s'exclama-t-elle en le voyant installé devant les commandes.

— Je me prépare à nous emmener dans les Caraïbes, répliqua-t-il, sans se départir de son sourire.

— Ah… Non, je ne pense pas.

— Si l'idée vous déplaît, ne vous gênez pas pour me suivre sur un vol commercial. Je peux demander à Benjamin de vous réserver un billet. Vous n'aurez que quatorze heures de retard sur moi, pas plus, assura-t-il, sans plus cacher son air moqueur.

Seigneur ! Elle aurait besoin d'un dentiste d'urgence après ces deux semaines à serrer les mâchoires aussi fort ! Partagée entre l'affolement et l'exaspération, elle posa les yeux sur le tableau de bord illuminé de centaines de petits voyants, certains clignotants, certains rouges, d'autres blancs.

— Je suis un pilote de ligne qualifié, si c'est ce qui vous inquiète, reprit-il. Le ciel est bleu, les vents sont calmes, et nous devrions avoir des conditions météorologiques idéales pendant toute la durée du vol.

Sia peinait à reprendre son souffle, et son trouble était moins dû au choc de savoir qu'il comptait sérieusement piloter cet avion qu'à l'étroitesse de la cabine de pilotage.

— Sia… Je vous promets que je peux piloter cet appareil en toute sécurité, néanmoins, si vous voulez prendre un vol commercial…

— Non, non, je… euh… je vous fais confiance, conclut-elle avec un petit rire. Sur *ce* sujet, je vous fais confiance.

Le plus étonnant fut de prendre conscience que c'était l'entière vérité.

— Je suis désolé, répondit-il d'un air navré.

— De quoi donc ?

— Cela a dû vous faire atrocement mal de le dire.

Elle ne put s'empêcher de lui donner une tape sur le bras, un geste étrangement familier qui les prit de court aussi bien l'un que l'autre. Stupéfaite par sa propre réaction, elle ne sut quoi répondre, et il proposa :

— Vous pouvez rester ici, si vous voulez.

Sia baissa les yeux vers le siège libre à côté du sien et, quand elle se demanda comment elle pourrait bien se glisser dans cet espace minuscule à quelques centimètres de lui, elle sut qu'elle avait pris sa décision. L'excitation et une pointe de peur la saisirent tandis qu'elle s'installait et que Sebastian l'aidait à refermer son harnais. Ses veines étaient saturées d'adrénaline, une sensation étonnamment… réconfortante.

Elle l'observa, fascinée, annoncer à la tour de contrôle qu'ils s'apprêtaient à décoller. Un instant plus tard, ils prenaient de la vitesse. Bientôt, Sia agrippa les accoudoirs, incapable de cesser de sourire tandis que Sebastian leur faisait avaler les mètres de la piste de décollage. Juste au moment où elle s'apprêtait à lui crier d'arrêter, les roues quittèrent le tarmac, et ils se soulevèrent dans les airs. Cette fois, c'est un cri de triomphe et de terreur mêlés qu'elle dut retenir. Quand Sebastian tourna le visage vers elle, son sourire de joie pure acheva de lui couper le souffle.

Que faisait-elle pour s'amuser ? Elle laissait des play-boys la conduire dans le ciel jusqu'aux Caraïbes !

Sebastian souriait encore malgré lui lorsqu'il actionna les commandes de l'escalier et fit signe à Sia de le précéder. Ce vol avait été bien plus distrayant et agréable que prévu, une fois que Sia s'était détendue. Elle avait refusé de prendre les commandes comme il le lui avait proposé, néanmoins il était prêt à parier qu'elle accepterait la prochaine fois. Il avait lu l'excitation et la curiosité dans son regard.

Il n'y aurait pas de « prochaine fois », s'obligea-t-il à se rappeler. Il leur restait treize jours à passer ensemble, et Sia était une menace. Voilà l'unique raison pour laquelle il la gardait à portée de main. Quelques jours, seulement.

À peine sorti, il repéra Ajay, le manager de son tout dernier hôtel. Il attendait ce moment depuis dix-huit mois ! Enfin, son établissement caribéen était sur le point d'ouvrir ses portes ! Il jeta sans façon les deux gros sacs à l'arrière du pick-up qui les attendait avant de serrer son ami dans ses bras.

— C'est bon de te revoir, le salua-t-il, sincère.

— J'étais impatient, confirma Ajay avec un large sourire.

— Comment vont-ils ?

— Tous les bâtiments sont parfaits, les lodges sont impeccables. Tout est terminé. Juste à temps !

— Pas l'hôtel, Ajay, ta famille ! Comment va ta famille ? précisa-t-il en levant les yeux au ciel.

— Oh ! ils vont tous très bien aussi. La petite fait ses premières dents, ce qui ne manque pas… d'intérêt.

Avec un rire, Sebastian se tourna vers Sia et la découvrit légèrement en retrait, un sourire chaleureux aux lèvres. Bon sang ! Il adorait ce regard intelligent et perspicace !

— Sia, laissez-moi vous présenter Ajay - l'homme sans qui rien de tout ce que vous allez découvrir aujourd'hui n'aurait vu le jour.

Avec sa modestie habituelle, Ajay parut embarrassé par ce compliment pourtant parfaitement mérité. Sia avança et salua chaleureusement son ami.

— Ravie de faire votre connaissance.

— Moi de même, mademoiselle. Je crains seulement que nous n'ayons encore quelques affaires à traiter avant que vous puissiez vous détendre et profiter de la fête.

— Une fête ?

— Oui, c'est…, répondit Sebastian avant de s'interrompre pour trouver les bons mots. Une sorte d'ouverture en avant-première, exclusivement réservée aux VIP. Allons-y !

Une fois derrière le volant, il fut tenté de prendre par le chemin le plus long et le plus agréable pour montrer à Sia les beautés de l'île. Malheureusement, un regard à sa montre lui confirma qu'ils n'avaient pas le temps, aussi rejoignit-il la route principale, la plus large des trois routes qui traversaient l'île qu'il avait acquise et sur laquelle il avait décidé de construire son tout dernier établissement.

Comme la route s'approchait de la côte, l'azur de la mer

apparaissait par éclairs entre les branches des palmiers et des flamboyants. Dans le rétroviseur, il put observer Sia qui contemplait le spectacle avec des yeux agrandis d'émerveillement. Un sentiment qu'il ne partageait que trop en la voyant, elle, ses mèches voletant autour de ses traits dignes des plus grands maîtres.

Sebastian prit une profonde inspiration et sentit tout son corps se détendre malgré l'événement à venir. Le trajet d'une demi-heure lui parut bien trop court et, le temps qu'il arrête la voiture, Ajay se précipita pour ouvrir la portière à Sia.

Sebastian fut impressionné en découvrant le bâtiment principal qui accueillait la réception. Il avait bien sûr pu voir l'avancée des travaux à distance, mais le résultat allait au-delà de ses attentes. Cependant, ce n'était pas ce qu'il brûlait de découvrir, aussi se tourna-t-il vers Ajay.

— Ils sont prêts ?

Ce dernier acquiesça aussitôt, les yeux brillants de la même excitation.

— Viens voir par toi-même.

Sebastian monta les deux étages du bâtiment en courant presque pour avoir un petit moment seul lorsqu'il découvrirait les chefs-d'œuvre. Parvenu en haut, il se félicita d'avoir anticipé cet instant d'émerveillement en découvrant ce qu'Astou Ndiaye avait créé. Puis il entendit les pas de Sia dans son dos et se retourna pour voir sa réaction.

Sia avait suivi Sebastian plus calmement en prenant le temps d'observer l'alliance équilibrée de la nature et du bâti : la pierre dorée des bâtiments se fondait sans peine dans l'écrin des arbres. À l'étage, elle poussa la porte vitrée et s'arrêta brusquement devant le spectacle qui s'offrait à elle.

L'espace de la réception s'étendait à ses pieds, sous le balcon circulaire qui en faisait tout le tour. Au centre de la vaste pièce, un magnifique comptoir de bois poli luisait doucement. Mais ce n'est pas cela qui lui avait coupé le souffle. Non, c'étaient les deux immenses toiles surélevées dans les airs qui se déployaient juste derrière. Chacune faisait plus de dix mètres de haut et peut-être sept ou huit de large. L'impact des peintures abstraites était incroyablement puissant et imposait l'humilité au spectateur. Il y avait quelque chose de baroque dans ces toiles - un peu comme les immenses représentations mythologiques de Poussin. À travers les formes et les couleurs, Sia pouvait percevoir les piles de cadavres d'une monstrueuse guerre entre anges et démons. Pourtant, les empâtements de texture ne représentaient aucune forme humaine, seulement, elles dégageaient une énergie si puissante qu'elle la figea sur place.

Par-dessus toutes ces sensations qui la dépassaient, il y avait aussi une énigme, comme si… comme si ces toiles recelaient quelque chose de vaguement familier.

— Vous ne les aimez pas ? demanda Sebastian.

— Non, non… En fait, si, je les aime énormément, assura-t-elle. C'est juste que… je n'arrive pas à déterminer l'artiste.

— Astou Ndiaye. Elle est sénégalaise et vit en France.

— Ces toiles sont incroyables, souffla-t-elle.

— Incroyable, répéta Sebastian.

Il ne regardait pas les toiles, cependant. Elle sentait son regard rivé sur elle.

— Je crains d'avoir de mauvaises nouvelles, ajouta-t-il.

— Qu'y a-t-il ?

— Vous allez devoir partager mon lodge. Tous les hébergements sont réservés pour les invités de ce soir.

— Que… Pardon ? s'écria-t-elle en courant après lui comme il redescendait l'escalier.

Ils sortirent du bâtiment et avancèrent bientôt le long d'un sentier de pierre abrité par des feuilles de palmier si larges qu'elles coupaient presque les rayons du soleil.

— Je suis désolé, vraiment, mais les réservations et l'organisation sont bouclées depuis un bon mois. J'espérais qu'il y aurait eu au moins une annulation, mais apparemment mon hôtel est *the place to be* ce soir. Néanmoins, nous sommes deux adultes, et je suis sûr que nous allons trouver un moyen de faire face à la situation, conclut-il avec une note de sarcasme.

— La situation ? Quelle situation ? s'enquit-elle, alarmée, en évitant de justesse une large feuille dont elle était certaine qu'il l'avait envoyée vers elle volontairement.

— Un seul lit.

— Quoi ?

À l'instant où son cri d'alarme passait ses lèvres, elle dut s'arrêter pour ne pas lui rentrer dedans, car il venait de faire volte-face.

— Nous y sommes, annonça-t-il, avant de monter l'escalier qui menait au plus incroyable bungalow qu'elle ait jamais vu.

— Vous venez ? lança-t-il, comme elle restait figée devant la beauté du lieu… et le petit sourire joueur de Sebastian.

Elle n'avait encore jamais aperçu cet aspect de sa personnalité, il semblait… insouciant plutôt que nonchalant ou moqueur. Malgré elle, ses pieds montèrent les marches à sa suite, et elle pénétra dans le cottage. Aussitôt, son regard fut attiré par une vue à couper le souffle sur la mer des Caraïbes. Elle avança comme un automate vers la terrasse. Devant elle s'étendait une baie en croissant de lune qui s'étirait vers la droite. Au bout de la large plate-forme en bois sur laquelle le bungalow était construit, une petite piscine carrée mais étonnamment profonde était placée dans la continuité directe de la mer. De l'autre côté de la terrasse, un hamac était abrité sous un large auvent couvert de chaume.

L'explosion de couleurs qui l'accueillit était si intense que Sia dut se rappeler de respirer. Soudain, elle fut saisie d'un rire irrépressible. Dire que, trois jours plus tôt, elle se trouvait dans son minuscule appartement londonien, l'esprit animé par la vengeance envers l'homme qui avait causé son injuste suspension ! Ce même homme qui l'avait conduite lui-même à l'autre bout du monde et qui partageait aujourd'hui son bungalow de rêve sous les tropiques avec elle !

— Vous aimez ?

Il se tenait juste derrière elle, et elle perçut la prière dans sa voix. Pour une raison qui lui échappait, il *voulait* qu'elle aime cet endroit. Elle ne put se résoudre à lui mentir.

— C'est merveilleux.

Comme elle se tournait, elle le trouva bien plus près qu'elle ne s'y attendait.

— Parfait, murmura-t-il, si proche qu'elle sentit son souffle sur sa pommette.

Troublée, Sia se détourna vers le cottage et se força à en détailler le décor. Au plafond, des ventilateurs aux larges pales de bois tournaient lentement, laissant une douce brise lui caresser le visage. Un immense lit dominait tout l'espace, orné de moustiquaires légères qui semblaient plus ornementales que fonctionnelles. Sur la gauche, une baignoire étroite et profonde faisait face à la vue. Il n'y avait aucune porte nulle part, et elle sentit son visage s'embraser. Comme s'il avait deviné son embarras, Sebastian précisa :

— C'est un cottage pour deux. Il n'y a que les toilettes qui soient séparées.

Sia jeta un regard gêné vers le seau à champagne plein de glaçons, qui attendait sur une console près d'une paire de jumelles.

— C'est pour observer les oiseaux ? s'enquit-elle pour cacher sa gêne.

— En effet, comme vous le voyez, il n'y a aucune vue directe sur un autre bungalow, donc les jumelles sont uniquement dédiées à l'observation de la vie sauvage.

— Et ça ? demanda-t-elle en désignant le large rectangle de bois posé près de la porte d'entrée.

— C'est un paravent qui vient d'être déposé. Vous voudrez vous laver et vous habiller avec un minimum d'intimité. Je suis peut-être un play-boy selon vous, mais pas un monstre, dit-il en feignant d'être blessé dans son ego.

— J'en prends note, répliqua-t-elle en l'aidant à déplier le paravent, admirative du travail d'ébénisterie qu'il présentait.

Elle se concentra volontairement sur les détails taillés dans le bois pour mieux ignorer les émotions compliquées qui l'assaillaient ; surtout, elle évitait ainsi de laisser ses yeux revenir encore et toujours vers l'immense lit.

— Je dormirai dans le hamac, à l'extérieur, annonça-t-il, comme s'il avait percé ses pensées.

Sia parvint à cacher la pointe de déception stupéfiante qu'elle ressentit derrière un sourire de politesse.

— Votre robe ne doit arriver que dans une heure.

— Ma robe ?

— Je n'étais pas sûr que vous en ayez apporté, alors j'ai pris la liberté d'en faire livrer une.

Cette fois, elle sentit son visage s'enflammer. Le fait qu'il ait raison sur son absence de robe ne rendait pas son audace plus acceptable ! Si seulement elle avait pu lui donner tort !

— Bon, je vais aller prendre une douche et m'habiller, dit-il en la regardant comme s'il attendait quelque chose.

— Oh ! bien sûr ! dit-elle en comprenant enfin. Je… Je sors.

Atrocement gênée, elle se dépêcha de gagner la terrasse en tournant résolument le dos au cottage. Elle laissa échapper un petit rire devant sa propre bêtise et contempla un moment l'horizon dans l'espoir que cela apaiserait sa tension. Sia se sentait emplie d'une excitation incroyable devant la beauté de ce spectacle. Il lui était certes souvent arrivé de découvrir des endroits magnifiques, mais elle n'avait voyagé que dans le cadre du travail. Les vacances avec tante Eleanor se résumaient à garer une caravane de location au bout d'un camping réservé à ce type d'habitations temporaires. Ce n'était pas laid, plutôt mignon même, mais typiquement anglais, avec de longues étendues herbeuses et une mer aux reflets gris. Cette mer était en tout point opposée. Les couleurs étaient électriques, saturées, et elle se sentait davantage stimulée qu'apaisée dans ce cadre idyllique.

Tout ici était tellement différent de sa vie à Londres ou, plus précisément, de ce qu'elle avait fait de sa vie à Londres… Une existence entièrement consacrée au travail. Elle était passée directement de l'université à la seule entreprise qui lui ait offert un poste. Sa gratitude leur assurait une docilité à toute épreuve : elle était allée où ils lui demandaient d'aller, elle n'avait pas compté ses heures. Elle avait elle-même creusé le trou dans lequel elle s'était enterrée. Quand toute cette histoire serait terminée, il lui faudrait réfléchir sérieusement à ce qu'elle voulait faire de son avenir…

La poitrine soudain serrée, Sia inspira lentement, et son regard fut attiré par un oiseau aux plumes bigarrées. Instinctivement, elle tourna la tête pour demander à Sebastian s'il connaissait cette espèce, et ses yeux tombèrent sur l'interstice entre le paravent et le miroir pendu au mur. Les mots se bloquèrent dans sa gorge tandis que son regard s'attardait sur les muscles de ses épaules et de son cou. Il passait délicatement un rasoir sur sa mâchoire, torse nu, son jean entrouvert tombant bas sur ses hanches. Les reins soudain enflammés, Sia parcourut la ligne parfaite de ses abdominaux, puis elle rougit violemment lorsqu'elle se prit à songer qu'elle adorerait passer la langue le long de sa hanche légèrement saillante.

Oui, ses doigts la brûlaient tant elle avait envie de caresser sa peau dorée, de parcourir les reliefs de ses muscles. Il y avait en lui une puissance et une force qu'il peinait à cacher derrière ses costumes bien taillés et ses remarques arrogantes. Quelque chose qui démentait son côté superficiel et nonchalant.

Dans la chaude atmosphère des Caraïbes, devant ce corps à demi nu qui ne cachait rien de sa beauté virile, elle devait se retenir pour ne pas marcher jusqu'à lui. Une chaleur délicieuse montait en elle, un frémissement qui partait du creux de ses reins et irradiait dans tout son corps en une pulsation qui lui donnait l'envie irrésistible de serrer fort les cuisses l'une contre l'autre. Incapable de détourner les yeux, Sia se laissa envahir par ce qu'elle ne pouvait plus nier : une vague de désir si puissante qu'elle lui coupa le souffle.

Sebastian sentit son regard effleurer sa peau à l'instant même où elle le posa sur lui. Une étincelle s'alluma dans sa poitrine, et son pouls accéléra brusquement. Une seconde seulement, il sentit ses doigts agités d'un léger soubresaut contre sa mâchoire, puis il inspira brièvement et reprit le contrôle malgré le frisson qui le parcourait de part en part. Il lui fallut rassembler toute sa patience pour poursuivre son rasage comme si de rien n'était. Il aurait tellement aimé voir l'expression de son visage en cet instant. Était-elle aussi excitée que lui ? Aussi tendue ? Ressentait-elle chaque sensation avec une force décuplée ? Sans doute… Il n'y avait qu'une attraction mutuelle qui puisse être aussi intense.

Soudain, il n'y tint plus, il reposa le rasoir et leva les yeux sur le reflet du miroir. Heureusement qu'il ne tenait plus aucune lame à proximité de sa peau car, quand son regard se planta dans le sien, Sebastian reçut un choc d'une violence inouïe. Il se sentit soudain arraché à lui-même avant d'être brutalement ramené sur terre lorsqu'elle se détourna.

Il jouait avec le feu et il le savait. Il lui fallut près de vingt minutes pour retrouver un semblant de contrôle sur lui-même. Enfin, il fut prêt à affronter la soirée. Entre-temps, la réception avait livré le colis attendu. Il la rejoignit donc sur la terrasse où il la trouva en train de contempler l'horizon.

— À votre tour, annonça-t-il.

Elle évitait de toute évidence son regard, et il s'en amusa d'abord avant de comprendre que ce n'était pas de sa part une coquetterie mais au contraire la preuve qu'elle manquait d'expérience et se sentait véritablement embarrassée. Bon sang ! Ce qu'il lisait sur son visage, c'était de l'innocence !

Affronter un adversaire était une chose, en revanche Sebastian n'était pas homme à s'attaquer à plus faible que lui. Il fréquentait des femmes qui savaient comme lui que leur relation se limiterait à quelques nuits de plaisir avant des adieux en bonne intelligence. Il voulait du plaisir, oui, mais tant que tout était simple et court.

Seulement, il n'y avait rien de simple chez Sia Keating et, quand il pensait à ce qu'il voulait lui faire, il ne voulait certainement pas que cela soit court. Aussi se retint-il de vérifier, une fois qu'elle eut rejoint la salle de bains, si elle avait replacé le paravent pour se cacher ou si elle l'avait laissé entrouvert pour lui. Cette seule idée lui fit agripper la balustrade au point de blanchir les jointures de ses doigts.

Quelques minutes plus tard, le bruit de ses talons sur la plate-forme le fit se retourner, et il dut se mordre la langue pour ne pas trahir son émoi. Des pieds à la tête, elle offrait un spectacle à couper le souffle. Il avait volontairement commandé une robe très loin du style qu'il lui connaissait, et le résultat était… exactement ce dont il avait rêvé.

— Vous devriez toujours vous habiller comme ça, commenta-t-il d'une voix rauque.

La robe couleur lie-de-vin était retenue aux épaules par de fines bretelles, puis le décolleté en V embrassait à la perfection ses seins avant de se resserrer en un corsage perlé de style Art déco. Plus bas, des mètres de soie tombaient à partir de sa taille, ondulant autour de ses jambes à chacun de ses pas. Elle était l'image même de la perfection. Jamais il ne pourrait se lasser d'un tel spectacle…

Elle agita la soie entre ses doigts, l'air vaguement gêné.

— Disons que ce n'est pas franchement la tenue la plus appropriée à porter au bureau. Elle est magnifique, c'est vraiment… très généreux de votre part. Cela dit, je ne suis pas certaine que ce soit… moi.

— C'est audacieux, presque téméraire et sensuel. Tout à fait ce qu'évoque pour moi la femme que j'ai rencontrée au Victoriana. À vrai dire, je me demande si ce n'est pas votre travail qui ne vous correspond pas, plutôt que l'inverse.

— Cette femme n'était pas moi, souffla-t-elle.

— En êtes-vous sûre ?

— Absolument.

— C'est bien dommage, alors. Parce que Henri était aussi passionnée qu'impressionnante. Qui vous a volé cette passion, Sia ? ne put-il s'empêcher de demander.

Il la vit aussitôt se raidir, et elle répondit d'un ton sec :

— Notre deal implique que ce soit moi qui pose les questions. Il n'a jamais été entendu que je réponde aux vôtres. Voilà ma question : dites-moi ce que vous voyez quand vous regardez le Durrántez.

— Ma mère.

Les mots étaient sortis de sa bouche avant même qu'il puisse y réfléchir, et sa réponse les prit tous les deux par surprise.

— Je… Euh… Littéralement ou métaphoriquement ?

Sebastian prit une inspiration heurtée avant de parvenir à afficher un sourire suffisant :

— Une seule question par jour, Sia, c'est le deal.

6.

Premier enquêteur : Qu'est-ce que c'était que ce gala ? Je ne me souviens pas avoir vu la moindre trace d'une soirée avec tout le gratin dans la presse.

Second enquêteur : Vous avez dit que c'était une soirée très privée, réservée aux célébrités et aux VIP ?

Miss Keating : Pas exactement. Mais, effectivement, il n'y avait que des gens importants.

Sia tenta de démêler ses émotions tandis qu'elle suivait Sebastian vers le bâtiment central. Sa réponse n'avait fait qu'ajouter de la confusion à son esprit déjà perturbé par les vieilles blessures qu'il avait rouvertes. Elle sentait ses sentiments s'emmêler dans son cœur, exactement comme la soie de cette robe sublime s'emmêlait autour de ses jambes. Robe qui aurait convenu à Henri, mais certainement pas à la trop raisonnable Sia, expert d'art chez Bonnaire.

Comme Sebastian ralentissait en pénétrant dans le magistral hall de réception, elle calqua son pas sur le sien. L'immense pièce avait complètement changé en seulement quelques heures. D'élégantes guirlandes de lumière traversaient l'espace de part en part, comme pour diriger les invités vers la terrasse monumentale. Au passage, Sebastian salua brièvement plusieurs invités rapidement tout en l'entraînant vers les jardins qu'elle n'avait pas vus à son arrivée. La main de Sebastian posée dans le creux de son dos irradiait une douce chaleur. Elle ne reconnaissait aucun visage, mais tous semblaient souriants et heureux. D'autres lumières scintillaient dans la canopée au-dessus d'eux, donnant l'impression que les étoiles du soir étaient tout près. Une haie de jasmin et d'allamanda jaune créait une atmosphère intimiste et odorante. Entre les convives, des serveurs en costume de lin naviguaient discrètement, offrant des flûtes de champagne, des jus de fruits pressés et des plateaux de canapés artistiquement disposés.

Tandis qu'elle observait la scène, Sia remarqua que les habits des hôtes ne correspondaient absolument pas à la débauche de luxe un peu vulgaire qu'elle s'attendait à trouver dans une soirée mondaine sur une île privée des Caraïbes. Le plus étrange était que les invités semblaient sincèrement ravis de se retrouver les uns les autres, comme s'ils se connaissaient bien et n'étaient pas seulement là pour se faire voir avant de courir à une autre soirée VIP.

— Sia, vous êtes magnifique, la salua Ajay.

— Merci beaucoup.

— Je ne suis pas sûr qu'elle l'aime beaucoup, glissa Sebastian à son manager.

— Bien sûr que si ! assura Sia.

Le lent regard brûlant que Sebastian passa sur son corps avant de se tourner à nouveau vers Ajay la mit au supplice.

— C'est l'heure. Je te confie Sia.

Avec un sourire à son adresse, Sebastian les quitta pour rejoindre le haut des marches. Là, il attendit que tout le monde se tourne vers lui et fasse le silence. Sia le fixait, fascinée par sa prestance et son naturel.

— Vous le savez tous, il est une chose que j'aime faire avant l'ouverture de chacun de mes hôtels. J'ai commencé dès le premier et je continue jusqu'à ce soir… J'aime réunir les personnes les plus importantes à mes yeux : *vous*.

Quand Sia balaya l'assistance du regard, elle ne vit pas simplement de la politesse sur les visages, mais une fierté sincère.

— Vous tous qui avez travaillé avec moi pour en arriver à ce résultat : entrepreneurs, fournisseurs, personnel. Alors, ce soir, je veux vous adresser à tous mes plus chaleureux remerciements pour ce que vous avez accompli. Ce soir, j'ai fait venir le personnel d'autres hôtels, pas seulement pour que vous puissiez profiter de votre soirée, mais surtout pour qu'ils voient les choses incroyables que nous avons faites ensemble. Ce soir, *vous* êtes les invités, les premiers de cet hôtel. Alors, mangez, buvez, profitez de la beauté que vous avez contribué à créer. Je ne veux voir personne debout avant demain midi !

Son discours fut salué par une salve d'applaudissements et de rires. Sia ne parvenait pas à détourner le regard de Sebastian. C'étaient eux, les VIP ! Les gens qu'il avait embauchés sur ce projet, tous ceux qui avaient partagé avec lui… Non pas des célébrités ou de grands hommes d'affaires. Ajay lui lança un sourire entendu et la conduisit vers un buffet appétissant pendant que Sebastian s'arrêtait pour saluer d'autres invités.

Sebastian ressentait une fierté sincère face à ce magnifique succès collectif. Il était heureux d'avoir travaillé si dur sur les plans pour modifier encore et encore l'aspect des bâtiments jusqu'à ce qu'ils se fondent parfaitement dans le paysage. Il avait bataillé avec le premier architecte qu'il avait embauché sur le projet - un homme d'expérience et de talent, mais au cœur d'acier et incapable de travailler en bonne entente avec les experts locaux. Alors, quand Ajay lui avait présenté son cousin, Sebastian avait tout de suite su qu'il avait trouvé l'homme de la situation : un architecte capable de s'accommoder des matériaux locaux. Le résultat était au-dessus de ses espérances, pourtant… Sebastian se retint de secouer la tête comme un vieux fou.

Il aurait voulu ressentir un petit quelque chose en plus. Il avait enfin obtenu tout ce qu'il avait toujours voulu. Il avait pris sa revanche sur le cheikh, sa sœur était heureuse en couple, son père et Valeria étaient en sécurité à Rimini. Depuis ses dix-huit ans, il n'avait rien fait d'autre que ce qu'il *devait* faire. Puis, les deux dernières années, il avait enfin relâché la pression pour faire ce qui lui plaisait. Seulement, tandis que son regard se perdait vers l'obscurité de la mer qui s'étendait sous un rideau d'étoiles, il se demandait si c'était vraiment là ce qu'il *voulait.*

D'instinct, il tourna la tête en entendant un rire chaud qu'il reconnut comme celui de Sia. Un accès de jalousie aussi brutal qu'irrationnel lui serra la poitrine quand il la vit rire avec Ajay. C'était d'autant plus stupide qu'Ajay était parfaitement heureux en mariage et père comblé de deux enfants.

Et elle ? Voulait-elle des enfants ? Une famille ? Sans qu'il l'ait souhaité, elle apparut dans ses pensées, le ventre arrondi, les joues rosies, un doux sourire aux lèvres. L'image était si pure, si vraie qu'il eut la sensation que c'était davantage une vision de l'avenir que le fruit de son imagination. Un avenir qu'il ne connaîtrait jamais. Il ne savait que trop les responsabilités qu'impliquait une famille et il avait décidé voilà bien longtemps qu'il en avait assez fait.

À dix-huit ans, il avait dû vendre tout ce qui appartenait encore à sa famille pour garder un toit au-dessus de leurs têtes. Pendant que son père et Valeria disparaissaient en croisière pendant des mois, Sebastian s'était rendu à chaque spectacle scolaire, à chaque réunion parent-professeur, et il avait passé chaque minute du temps qui lui restait à s'assurer que son premier hôtel soit un succès. Puis le deuxième. Et le troisième. Les cinq premières années de leur exil, il avait rarement dormi plus de quatre heures par nuit. Pas seulement parce qu'il ne faisait que travailler, mais aussi à cause de la peur qui lui tordait constamment le ventre. Cette peur que tout lui soit repris en un instant. La peur que rien en ce bas monde ne dure jamais.

Le bruit d'un verre brisé le ramena brutalement au présent. Déjà, un serveur efficace s'occupait de faire disparaître les preuves de l'incident. Il tourna son attention vers Sia qui prenait un petit canapé en adressant à Ajay un sourire de joie sincère. Pour l'heure, elle ne se préoccupait ni de responsabilités ni de son avenir. Elle profitait seulement de l'instant, et la tentation était si grande de la rejoindre qu'il dut serrer les poings. Il brûlait de lui montrer jusqu'où ils pourraient profiter du présent ensemble.

— Alors, avez-vous apprécié la petite plaisanterie de Sebastian sur les VIP de ce soir ? demanda Ajay en lui resservant du champagne.

— Je ne pense pas qu'il s'agissait d'une plaisanterie. Tous ces gens sont véritablement très importants pour l'hôtel et pour l'île, répondit-elle en bougeant malgré elle les hanches au rythme de la musique.

C'était ce qui caractérisait sans doute le mieux Sebastian : jouer avec ce qu'on attendait de lui, soit en allant au-delà, soit en ne remplissant pas du tout les attentes. Ainsi, elle ne savait jamais réellement à quoi s'en tenir avec lui, ce qui était vrai et ce qui ne l'était pas. Elle lui avait dit – parce qu'elle l'avait toujours cru – qu'elle était douée pour démêler le vrai du faux, pourtant elle finissait par en douter, du moins en ce qui le concernait.

— Si vous saviez comme nous avons tous été soulagés d'apprendre que c'est lui qui avait remporté l'achat de l'île ! Le premier acheteur potentiel voulait bétonner pratiquement toute la surface. Notre île n'est pas aussi grande que d'autres, et un tel projet aurait signifié pour beaucoup d'entre nous la perte de nos emplois et même de nos maisons. Heureusement, Sebastian a tout mis en œuvre pour que nous puissions rester.

— Je vous avoue que je suis assez surprise. Pour quelqu'un qui aime se vanter, il semble assez modeste à propos de ce succès.

— Bien souvent, les hommes ne se vantent pas de ce qui a réellement de l'importance à leurs yeux, fit-il remarquer.

— Raison pour laquelle vous n'entendrez jamais Ajay vous parler de sa superbe épouse et de leurs deux adorables filles, intervint Sebastian, qui les avait rejoints sans qu'elle s'en aperçoive. Puis-je ?

Il tendit la main vers elle.

— Je ne…, commença-t-elle.

— Personne n'acceptera de se lâcher sur la piste si je ne le fais pas, et je peux difficilement inviter Ajay à m'accompagner.

— Je ne sais pas danser !

— Je n'y crois pas un seul instant. À quand remonte la dernière fois que vous avez dansé ?

— Mes sept ans ?

— Je n'ai jamais rien entendu d'aussi ridicule.

— Vous essayez de me convaincre d'aller danser avec vous en me qualifiant de ridicule ?

— Est-ce que ça fonctionne ? demanda-t-il avec son sourire irrésistiblement charmeur. S'il vous plaît, Sia ?

Elle aurait voulu pouvoir mettre la sensation de légèreté qui l'envahissait sur le compte des deux coupes de champagne qu'elle avait déjà bues, ou bien sur la langueur du climat, mais quand elle plaça la main dans la sienne elle sut que son vertige n'avait rien à voir avec l'alcool ou la météo.

— Je vous ai vue bouger sur la musique au moins les deux dernières chansons, alors je sais que vous avez le sens du rythme, assura-t-il en la conduisant vers un petit espace de danse. Cela dit, si vous y tenez, laissez-moi conduire.

Il posait sur elle un regard si brûlant qu'elle baissa les yeux, rougissante. Sia hocha la tête, incapable de prononcer le moindre mot. La seconde suivante, elle regretta d'avoir accepté quand il passa un bras autour de sa taille et l'attira vers lui. Ses jambes frôlaient les siennes à travers la soie, et bientôt elle ne parvint plus à reprendre son souffle. Si près de lui, elle sentait le puissant désir de tout à l'heure l'envahir à nouveau, ce besoin presque douloureux qui lui serrait le ventre et le cœur. Elle voulait… Honnêtement, elle ne comprenait pas elle-même ce qu'elle voulait. Elle avait une conscience aiguë des doigts de Sebastian, qui se crispaient dans son dos, comme s'il luttait contre la même force - cette énergie électrique qui surpassait tout le reste.

Elle se laissa guider sur la piste, envahie par une sensation de vertige. Entre ses bras, elle avait l'impression d'être légère comme une plume, entièrement à sa merci, et c'était… merveilleux. Son étreinte était ferme sans être serrée, puissante mais contenue. À sa propre stupéfaction, Sia reconnut qu'elle voulait plus, elle voulait sentir son corps plaqué contre le sien, sa main se serrer davantage autour de sa hanche…

Il ralentit peu à peu le rythme, et elle leva le visage vers lui. Il avait les yeux baissés sur elle, et son souffle caressa ses lèvres. Ses iris parsemés d'or s'étrécirent tandis qu'il accentuait à peine la pression de son bras autour de sa taille. Le souffle coupé, Sia crut que son cœur était sur le point d'exploser. Elle brûlait qu'il l'embrasse. Elle le désirait tellement fort que c'en était douloureux. Le cœur battant, elle vit l'imperceptible mouvement qu'il esquissait vers ses lèvres. Hélas, la musique s'arrêta au même instant, et un tonnerre d'applaudissements s'éleva, brisant d'un seul coup l'enchantement dans lequel ils s'étaient retrouvés le temps de la danse.

Sia se mordit la lèvre pour tenter de masquer ses émotions. Avait-elle perdu l'esprit ? Il ne l'avait invitée que pour inciter les autres à danser. Heureusement, elle parvint miraculeusement à ébaucher un sourire poli à l'adresse des autres couples qui les rejoignaient. Elle avait simplement rêvé l'intensité de ce moment. Rien n'était arrivé sinon dans son imagination.

Pour donner le change, elle invita Ajay pour la prochaine danse. Heureusement, le rythme léger était bien plus facile à suivre cette fois. Dès qu'elle tournait, elle percevait dans un coin de la piste la haute silhouette immobile de Sebastian. Ses yeux semblaient immanquablement attirés vers lui, cependant, comme il regardait ses interlocuteurs et absolument pas dans sa direction, elle s'obligea à secouer sa torpeur pour s'amuser sans arrière-pensée.

Bon sang ! Il n'aurait jamais dû la tenir dans ses bras. À présent, il savait exactement quelles sensations cela provoquait en lui, et il ne pourrait plus jamais se sortir ça de la tête. C'était à la fois grisant, terrifiant et addictif. Depuis la fin de leur danse, Sia prenait grand soin de l'éviter, et il ne fit rien pour l'en dissuader. Il fallait qu'elle se persuade qu'il n'avait agi que pour faire le show. C'était plus sûr… pour elle comme pour lui.

Il *fallait* que Sia Keating reste à bonne distance les douze prochains jours. Il ne la toucherait pas. Ensuite, il l'enverrait loin de lui pour de bon. Peut-être en faisant appel à quelques connaissances bien placées dans le milieu de l'art. Elle devait absolument s'éloigner de Bonnaire et de leur réputation avant que leurs magouilles éclatent au grand jour. Malgré lui, ses yeux revinrent se poser sur elle. Son visage était rayonnant.

Elle semblait plus jeune, et il n'avait jamais vu des yeux aussi brillants que les siens en cet instant.

Comme Ajay et elle revenaient dans sa direction, il leva sa coupe pour porter un toast.

— Je déclare que cette soirée est un franc succès !

— Oui, le staff s'en souvien…

— Les invités, corrigea-t-il.

— Les invités s'en souviendront longtemps.

— Je pense qu'on devrait refaire cela chaque année, pas seulement pour l'ouverture.

— Pour Noël, par exemple ? interrogea Sia.

— Difficile, c'est la haute saison, ici, répliqua Ajay.

— Mais mars est souvent calme. Nous pourrions faire venir le personnel d'autres établissements, et celui d'ici leur rendrait ensuite la pareille. Cela permettrait à tous de voir comment fonctionnent les autres hôtels du groupe.

Ajay envoya un coup d'épaule amical à Sia, ce qui lui fit l'effet d'un coup de poignard, avant de déclarer :

— Tu vois ? Il a dit « nous ».

Sia hocha la tête d'un air entendu, et Sebastian ne sut s'il était heureux ou agacé de découvrir qu'ils avaient parlé de lui. Ce dont il était sûr en revanche, c'est qu'il avait du mal à la voir ainsi complice avec un autre. Il ressentait à son égard une sorte de possessivité aussi ridicule que mal placée.

Il était soudain impatient de rentrer. Après tout, la soirée était bien entamée, et il avait sans doute simplement besoin d'un moment de calme et de tranquillité loin de la musique et des conversations. Au fond de lui, pourtant, il savait que ce brusque besoin de partir n'avait rien à voir avec l'ambiance et tout avec son envie irrépressible de l'avoir toute à lui.

Après plus de salutations qu'il ne l'aurait voulu, Sebastian reconduisit Sia le long du chemin plongé dans l'obscurité. Heureusement, les pierres pâles luisaient doucement sous la lune, guidant leurs pas. Elle marchait juste derrière lui et, comme il n'entendait plus ses pas, il se tourna et la découvrit le menton levé, un air émerveillé sur le visage tandis qu'elle contemplait le ciel.

— Il n'y a pas de mots pour décrire ce spectacle…

— C'est très différent de Londres, n'est-ce pas ?

— Un chouia…

— Où est-ce que vous vivez à Londres ?

Il n'avait pas menti en disant qu'il ne s'était absolument pas renseigné sur elle. Il y avait quelque chose de nouveau et de rafraîchissant dans le fait de faire connaissance avec quelqu'un en se fiant seulement à sa parole.

— Dans le nord, Archway. Pratique pour aller au travail…

— Mais… ? ajouta-t-il en devinant qu'il y avait plus.

— Mais je suis plutôt une fille du sud londonien, en fait. J'ai grandi à Peckham avec mes parents et plus tard, à Forest Hill avec tante Eleanor.

— Pourquoi avez-vous dû aller vivre avec elle ? Il n'y a eu que votre père qui a été arrêté, non ?

— Il a été décidé que ce serait mieux pour moi.

— Décidé par qui ?

Il avait remarqué son ton soudain tendu, mais il était trop curieux pour se taire.

— Par tout le monde.

— Y compris vous ?

— Oui, même moi, lâcha-t-elle en passant devant lui. Ma mère est… une personne compliquée.

Comme il s'apprêtait à l'interroger pour en savoir davantage, elle lâcha :

— Je tiens mes cheveux d'elle. J'ai le nom de mon père et la plupart de mes traits aussi… sauf les cheveux. Elle aimait dire qu'elle m'avait donné la seule chose qui me permettait de me démarquer.

Sia retint un frisson tandis que la douleur familière de son enfance lui broyait le cœur. Cette peur paralysante de n'être pas assez bien. Pas assez, tout simplement…

— J'ai essayé de les teindre en châtain une fois. Ça n'a pas tellement bien fonctionné, dit-elle en revivant l'un des pires souvenirs de son adolescence. C'était affreusement moche. J'ai cru que maman allait devenir folle en voyant ça… Elle ne l'a même pas remarqué. Il y avait déjà plein de choses qu'elle ne remarquait pas quand je vivais encore avec elle. Je me couchais à l'heure que je voulais. C'était pareil pour les repas. L'école n'était pas plus suivie. Heureusement, j'ai appris beaucoup avec mon père dans son atelier. J'ai même peint une imitation de Pollock assez honorable à cinq ans.

Elle s'arrêta un instant pour reprendre son souffle.

— Ma mère n'avait qu'un seul intérêt dans la vie : mon père. Elle ne vivait que pour lui. Alors, quand il ne la voyait pas assez à son goût, quand il restait des semaines devant une toile, elle était atrocement blessée. Cela l'a brisée. Au début, elle entrait dans des rages folles et jetait tout ce qui lui passait sous la main - la vaisselle, les objets, une fois même un couteau… Et elle n'arrêtait pas de lui hurler des horreurs.

Elle émit un petit rire comme si ces scènes avaient été autre chose que des moments terrifiants. *« Tu n'es bon qu'à copier ! Tu n'es même pas un artiste ! Un minable petit copieur ! »* Elle avait les yeux gonflés de larmes et elle se demanda vaguement si la douleur qui l'empêchait de respirer allait finir par exploser en elle.

— Les voisins ont appelé la police une fois de trop, et elle a passé quelques semaines en prison. Papa a à peine remarqué son absence, pourtant il est allé la chercher à sa sortie. Après cela, elle a essayé une nouvelle approche. Elle a tenté de le rendre jaloux, poursuivit-elle alors qu'un rire amer lui déchirait la gorge. Il y a eu cette fête. Elle avait drapé de la soie autour des lampes et allumé des bougies un peu partout. Une ambiance très bohème, vous voyez le tableau. Elle a passé son temps à flirter avec d'autres hommes dans l'espoir de provoquer une réaction chez mon père. Le plus atroce, c'est que tout le monde voyait bien qu'il s'en moquait éperdument. Il aurait aussi bien pu leur donner sa bénédiction…

Sia serra les lèvres comme pour retenir le cri désespéré qui n'avait jamais pu sortir d'elle.

— Vous m'avez demandé qui m'a volé ma passion ? souffla-t-elle en se tournant vers lui. C'est elle. Ma mère. Elle m'a appris que la passion était égoïste, cruelle et hystérique et, finalement, absolument inutile. Alors, pardonnez-moi si je suis incapable de vivre comme vous, de profiter comme vous. Même si je prenais ce risque, la seule idée de finir comme elle me paralyse. Ça n'en vaut pas la peine.

Prise de vertige, Sia était sur le point de se détourner quand Sebastian glissa un bras autour de sa taille pour la retenir.

— Ce que tu décris, ce n'est pas de la passion, Sia. Ce que ta mère ressentait, ce qui a motivé ses actions… Cela n'a rien à voir avec la passion.

Sa voix chaude, intime et apaisante à la fois ne fit qu'ajouter à son trouble.

— S'il te plaît, le pria-t-elle dans l'espoir qu'il arrête de la réconforter tout en souhaitant qu'il trouve les mots pour que son cœur cesse de la tourmenter.

Elle l'entendit pousser un soupir et le sentit pencher la tête vers elle. Malgré elle, Sia se blottit dans sa chaleur.

— Le mot *passion* vient du latin et signifie « souffrir », « endurer ». La passion, c'est accepter de souffrir pour ce que l'on veut. Cela n'a rien à voir avec infliger des souffrances à autrui.

Sia ferma les yeux, le souffle court. Alors seulement, il la laissa aller.

7.

Sebastian poussa le hamac du pied pour le faire bouger en se traitant intérieurement de tous les noms. Il ne savait pas exactement pourquoi, il savait seulement qu'il le méritait. La lune était si large et brillante qu'il semblait impossible qu'il soit déjà 1 h 30 du matin. Sa mère aurait murmuré à son oreille que c'était l'heure des fées et de la magie, et il sourit tristement à ce souvenir.

Un bras derrière la tête, il contemplait le ciel en laissant la condensation se former sur la bouteille de bière qu'il venait d'ouvrir. Sans même s'en rendre compte, il commença à formuler un vœu en voyant une étoile filante. Non ! Il ne devait pas faire de vœu impliquant Sia ! Pour commencer, il n'aurait jamais dû lui proposer ces quatorze jours de cohabitation. Elle était une distraction de chaque instant. Il ne se souciait pas tellement de lui-même, c'était pour les autres qu'il s'inquiétait. Sa distraction ne devait sous aucun prétexte les mettre en danger.

Il s'apprêtait à reprendre une gorgée de bière lorsqu'un craquement du plancher l'arrêta. Soudain, tout son corps se tendit, et il gronda entre ses dents :

— Retourne te coucher.

Les mâchoires serrées, Sebastian lutta pour ne pas tourner la tête. S'il la voyait, s'il posait les yeux sur elle, il savait qu'il n'y aurait pas de retour en arrière possible.

— Non.

Son murmure était aussi léger que la brise.

— Sia, je t'en prie… Ce n'est pas ce que tu veux, prévint-il, la voix rauque.

— Qui es-tu pour me dire ce que je veux ou ne veux pas ? Un voleur ? Un menteur ?

Ses mots le heurtèrent de plein fouet.

— Je ne t'ai jamais menti.

— Dans ce cas, dis-moi que tu n'es pas attiré par moi.

Sebastian serra les poings, mais ne parvint pas à retenir le grondement qui montait dans sa gorge. Avec une lenteur délibérée, il se releva du hamac et se tint devant elle en prenant soin de ne pas la regarder, comme s'il pouvait encore retarder l'inévitable.

Enfin, il posa les yeux sur elle et sentit sa gorge se serrer. Elle n'avait pas quitté sa robe dont les pans de soie ondulaient dans la brise, révélant les courbes de ses hanches. Une ombre secrète s'attardait en haut de ses cuisses, lui cachant les merveilles de ce corps qu'il brûlait de découvrir. Les longues boucles fauves cascadaient sur sa peau nacrée. Elle avait le port d'une reine.

Cependant, ce n'est pas sa beauté qui eut raison de lui. Non, ce fut le regard brûlant et sans fard qu'elle posa sur son torse nu, ses pupilles étrécies au milieu de ses iris brillants. Comment aurait-il pu résister à son désir ?

— Je ne suis pas un Neandertal, gronda-t-il. Je peux très bien être attiré par une femme sans pour autant me jeter sur elle.

Ce n'était pas tout à fait un mensonge, mais presque… En ce qui la concernait, il n'était pas du tout certain d'être capable d'une telle réserve.

En pleine confusion, Sia était à la fois heurtée et frustrée par sa réponse. C'était lui qui avait ouvert la boîte de Pandore. Lui qui avait déclenché en elle un désir aussi brutal qu'inconnu. Et il ne s'agissait pas seulement d'une envie physique, non, c'était un désir plus puissant. Un besoin de réalisation personnelle. Elle voulait être la femme passionnée et téméraire qu'il avait rencontrée au Victoriana.

Et voilà que, contre toute attente, le play-boy qui obtenait toujours ce qu'il voulait… ne voulait pas d'elle ?

— Pourquoi te contraindre ? demanda-t-elle d'une voix qui tremblait légèrement.

— Certainement pas pour moi, Sia. Je me restreins pour toi, expliqua-t-il avec lassitude en se passant une main sur le front. Je veux que tu comprennes que tu es la femme vibrante et passionnée que je vois en toi et que tu aies le courage d'obtenir ce que tu veux. Mais certainement pas en te mettant en danger.

— Et tu serais ce danger ?

— Je peux l'être… pour toi.

Sia peinait à reprendre le contrôle de ses pensées pour donner un sens à ce qui était en train de se passer. Pendant des années, elle avait cru que la passion était chaotique, effrayante, déséquilibrée parce que c'est ainsi que sa mère s'était comportée - de façon égoïste et exigeante. Elle prenait aujourd'hui conscience que le comportement de sa mère était peut-être aussi dû au fait qu'elle éprouvait un amour à sens unique. Son père ne l'avait pas aimée, et elle en était devenue folle. Cependant, leur histoire n'était pas une fatalité.

Sebastian était attiré par elle, il l'avait admis, et elle brûlait de découvrir ce que cela faisait d'être ainsi désirée, parce que, tout à coup, elle prenait conscience que ce besoin qui la tenaillait pouvait être quelque chose de beau, de fort, de puissant. Comment trouver les mots pour lui exprimer ce qu'elle ressentait ?

— Est-ce que… ? Tu veux bien juste te tenir devant moi ? Sans parler, sans… rien. Je veux juste éprouver cette sensation…

Elle balbutiait, soudain incertaine, mais son regard sur elle montrait qu'il avait compris sa demande. Alors, sans le quitter des yeux, elle marcha jusqu'à lui. Elle s'arrêta à quelques centimètres. Ils étaient moins proches que lorsqu'ils avaient dansé ensemble, et pourtant… leur intimité était bien plus grande en cet instant. Lentement, délibérément, elle parcourut du regard la perfection de ses muscles bien dessinés en tentant de faire comme si elle avait déjà vu une telle beauté masculine sur des peintures ou des sculptures. Si près de lui, cela n'avait rien de comparable.

Son pouls battait à un rythme effréné, et Sia inspira profondément pour tenter de le calmer. Lorsqu'elle releva ses prunelles bleues vers lui, elle s'attendait à découvrir ce petit sourire séducteur qu'elle lui voyait si souvent, mais il n'en fut rien. En fait, il avait un regard intense et sérieux et détaillait son corps exactement comme elle l'avait fait un peu plus tôt. Quand, enfin, leurs yeux se rencontrèrent, quelque chose passa entre eux. Une force si puissante qu'elle n'avait besoin ni de mots ni de contact pour les relier l'un à l'autre.

Puis, en l'espace d'un battement de cils, tout changea. L'énergie qui s'était concentrée entre eux sembla brusquement s'embraser, et Sia se sentit submergée par un besoin dévorant, urgent, presque furieux. Cette fois, ce qu'elle lut dans les ombres de ses iris, c'était un désir aussi sauvage et violent que le sien. Un désir qu'il combattait de toutes ses forces. Sia sentit le moment précis où sa volonté allait l'emporter. Alors, avant qu'il se détourne, elle lâcha :

— Si je couche avec toi, est-ce que tu penses que je n'irai pas te dénoncer à la police ?

— Bien sûr que non ! s'exclama-t-il, comme si une telle suggestion était outrageante.

— Si je couche avec toi, est-ce que tu ignoreras ce que je veux, si je dis stop…

— Sia, non ! Il n'y aura pas…

— Si je couche avec toi…

— Ce n'est pas un jeu, Sia ! C'est…

— Mon choix, le coupa-t-elle. C'est mon choix, n'est-ce pas ?

Elle attendit un instant avant de répéter doucement :

— Si je dis stop ?

— Bien sûr que j'écouterai.

— Alors qu'est-ce que tu attends ? souffla-t-elle tout bas en tentant de ne pas révéler la note de désespoir qui perçait dans sa voix.

— Tu es innocente, Sia, n'est-ce pas ?

— Oui, et alors ?

— Tu ne sais pas vraiment ce que tu me demandes.

— Ne prends pas cette posture paternaliste avec moi…

— Ce n'est pas ce que je fais ! C'est juste… Tu ne sais pas ce que tu ressentiras demain matin. Il vaut mieux que… le faire avec quelqu'un qui est dans ta vie pour les bonnes raisons et pour longtemps. Pas…

— Pas quelqu'un qui m'a fait perdre mon job et disparaîtra de ma vie dans douze jours, c'est ça ? Je connais notre deal, Sebastian, je ne suis pas une écervelée romantique.

Elle savait à quoi s'attendre, vraiment. Pourtant, alors qu'elle se tenait face à lui, elle se sentait un peu dans la peau de sa mère, dépendante, désespérée. Brusquement, elle prit toutefois conscience que jamais elle ne supplierait un homme de vouloir d'elle. Alors, en une fraction de seconde, elle comprit qu'elle n'était pas comme sa mère. Elle eut la sensation d'être libérée d'un poids qui lui oppressait la poitrine depuis toujours. Son âme lui parut soudain allégée, et elle inspira une bouffée d'air délicieux. Est-ce que ses peurs l'avaient retenue jusqu'alors ? Est-ce qu'elle aurait pu ressentir ce pouvoir enivrant depuis des années sans l'angoisse de ressembler à sa mère ?

Plus déterminée que jamais, Sia leva un regard sans ombre sur Sebastian et déclara sans hésiter :

— Contrairement à ce que tu sembles croire, je sais ce que je veux. Je sais aussi que je ne serai jamais comme elle. Je ne vais pas supplier ni me désespérer.

Déjà, elle se détournait quand il lui saisit le poignet et la ramena face à lui.

— Tu n'as rien de commun avec elle, confirma-t-il dans un grondement.

— Je le sais, c'est pourquoi je peux profiter de cette nuit… et m'en aller sans regret.

Une fois de plus, Sia se détourna, et il la rejoignit à l'entrée du bungalow. Sans plus renier ses origines de Neandertal, Sebastian posa les paumes contre le mur de part et d'autre de la jeune femme et inspira profondément son parfum capiteux. Sia s'immobilisa, et il observa ses épaules se soulever et s'abaisser au rythme de sa respiration hachée.

La chaleur qui montait de leurs deux corps qui ne se touchaient pourtant pas était si enivrante qu'il avait la sensation que leurs peaux se frôlaient. Il devait résister à l'envie dévorante qui montait en lui de la toucher enfin. C'était à elle de décider. Seulement à elle.

Elle tournait à demi la tête, les yeux baissés, et il sut en cet instant que si leurs regards se rencontraient il n'y aurait plus de retour en arrière possible. Sebastian contempla fiévreusement la courbe de sa pommette et l'ombre de ses longs cils, puis l'arrondi de son épaule. Partout, sa peau lisse brillait comme de la nacre, et il absorba ce spectacle avec une fascination nouvelle, désespéré de prolonger ces instants magiques, de ne pas déjà mettre fin à la guerre intérieure qui se déroulait en lui.

— Je veux que tu saches que tout ça n'a rien à voir avec la peinture.

— Je le sais, assura-t-elle.

— Attends, laisse-moi finir. Ce… Quoi qu'il y ait entre nous, cela ne pourra pas durer au-delà du marché dont nous sommes convenus. Tu comprends ?

Elle ne répondit pas immédiatement, et il fut soulagé de voir qu'elle réfléchissait sérieusement à ce qu'il venait de dire.

— Je comprends, souffla-t-elle enfin.

Son cœur cessa un instant de battre avant de reprendre ses pulsations à un rythme effréné. Il avait tellement désiré l'entendre prononcer ces mots. Il avait eu tellement peur de la voir reculer…

— Dans ce cas, je veux t'entendre me dire que c'est vraiment ce que tu veux, gronda-t-il tout bas.

— C'est ce que je veux, affirma-t-elle de ce petit ton décidé qui l'émouvait étrangement.

Lentement, il posa la main sur la sienne qui tenait, crispés dans sa paume, les plis de soie de sa robe.

— Promets-moi que tu me diras d'arrêter si tu le veux. À n'importe quel moment, ordonna-t-il tout contre son cou.

— Je te le promets.

Alors, il sut qu'il était perdu. Cependant, ne l'était-il pas depuis le premier instant ? Depuis cette seconde magique, intemporelle, où leurs regards s'étaient croisés au Victoriana ?

Saisissant ses hanches, il la fit tourner entre ses bras et se pencha pour prendre ses lèvres. C'était un baiser doux et délicat, mais la façon dont elle s'ouvrit pour lui le mit à genoux. La soie se froissait sous ses doigts, qui s'enfonçaient dans sa peau si tendre. Il l'attira contre lui, et sa langue pénétra avec délice la douceur de sa bouche. Avec une patience dont il ne se serait pas cru capable, Sebastian la laissa faire.

Ses mains fines parcouraient la peau de son torse, laissant dans leur sillon la brûlure de ses caresses. Bientôt, enivrée par la passion de leur baiser, elle enfonça les ongles dans les muscles de son dos, et il retint un gémissement de plaisir. Avec délectation, il posa les lèvres dans son cou et mordilla la peau sensible en serrant contre lui son corps secoué de frissons. Elle rejeta la tête en arrière de plaisir, et il en profita pour écarter sa bretelle tout en embrassant sa peau. Juste en dessous, les pointes de ses seins tendaient sensuellement la soie. Incapable de résister, il prit l'un des globes parfaits dans sa main pour y passer le pouce et gronda de triomphe en la sentant frissonner violemment.

Elle est mienne… Cette pensée enivrante tournait et retournait dans son esprit. C'est elle qui fit tomber l'autre bretelle. Il n'avait plus qu'à s'écarter à peine pour la découvrir enfin nue. Elle se pressait délicieusement contre lui, contre sa jambe qu'il avait glissée entre ses cuisses. Son érection était tellement tendue qu'elle devenait douloureuse, et il aurait tout donné pour pouvoir se débarrasser de leurs vêtements et sentir sa peau contre la sienne.

Seulement, Sia était innocente, alors il devait mettre ses propres désirs de côté pour le moment. Elle était si belle ainsi abandonnée entre ses bras. Les longues boucles lumineuses caressaient son dos, et elle avait fermé les yeux sous l'afflux du plaisir. Si seulement il avait pu arrêter le temps pour saisir sa beauté en cet instant… Il n'avait jamais rien vu de plus beau.

Elle entrouvrit à peine les paupières, et il étudia chacun de ses traits avec délectation. Pendant un moment, elle sembla se livrer au même examen, puis elle passa les bras autour de son cou et l'attira vers elle. Quand sa langue caressa la sienne, il oublia tout ce qui n'était pas pure sensation.

Le besoin qu'il éprouvait était si nouveau, si intense qu'il dut lutter contre les tremblements qui le saisirent alors qu'elle glissait une main vers sa ceinture. N'y tenant plus, il s'écarta juste assez pour contempler, fasciné, la soie glisser au sol, révélant les trésors de ses courbes seulement éclairées par les rayons de lune.

— Il n'y a pas de mots, souffla-t-il.

— Il n'y en a pas besoin, répondit-elle en attrapant sa ceinture avec une assurance qui le laissa sans voix.

Parce que ce n'était pas l'assurance d'une femme d'expérience, non, c'était la preuve qu'elle avait placé sa confiance en lui, qu'elle n'avait pas peur.

Émor et au bord de l'explosion, Sebastian saisit sa main et la maintint un instant contre son torse avant de la soulever dans ses bras. D'instinct, Sia enroula les jambes autour de lui. Il marcha jusqu'au lit et s'y agenouilla sans la lâcher. Ses boucles formaient un rideau parfumé autour de leurs visages tout proches, et il la fit lentement glisser contre lui en sachant qu'elle sentait la pression de son membre dur entre ses cuisses. Ses pupilles s'élargirent de désir et, quand elle fut allongée, elle resserra les jambes autour de sa taille pour le sentir plus fort contre elle.

Sebastian prit une brusque bouffée d'air pour ne pas perdre définitivement le contrôle et parvint à s'écarter pour se débarrasser de son pantalon et de son boxer. Il sentait sur lui son regard ardent, aussi resta-t-il immobile un instant pour admirer le tableau parfait qu'il avait sous les yeux. Elle le faisait penser à un nu de Dante Gabriel Rossetti avec ses cheveux d'or rouge et sa peau si pâle. Bientôt il vit ses joues s'empourprer tandis qu'elle prenait conscience du spectacle sensuel qu'elle offrait. Il avait tellement hâte qu'un jour elle ne rougisse plus mais s'alanguisse sous son regard affamé…

Cette pensée lui fit l'effet d'un brutal coup de poing. Un tel jour n'arriverait jamais… Ils n'auraient pas le temps. Il s'efforça de ravaler sa soudaine tristesse et saisit l'un de ses pieds. Avec douceur, il posa les lèvres sur l'arc de sa cheville et l'entendit rire tout bas. Lentement, il remonta les mains le long de son mollet jusqu'à sa cuisse qu'il écarta pour se placer entre ses jambes. Son rire cessa, et ses paupières s'alourdirent de volupté quand il plaça les paumes de part et d'autre de son mont de Vénus. Leurs souffles hachés se complétaient.

— Sia, je m'arrêterai à n'importe quel moment, jura-t-il.

— Merci.

Le cœur réchauffé par cette nouvelle marque de confiance, il posa les lèvres sur son ventre et descendit lentement vers le cœur de sa féminité, guidé par les petits gémissements qui lui échappaient. Quand il atteignit son clitoris, elle souleva les hanches vers lui, alors il les maintint en place d'un bras ferme au moment même où il glissait un doigt en elle. Son souffle se fit plus heurté, et elle se mit à gémir plus fort.

En cet instant, rien ne comptait plus que son plaisir à elle. Sebastian sentait aux spasmes rapprochés de son sexe qu'elle était au bord de l'orgasme. Oui, le rouge de ses joues et ses yeux au regard perdu ne trompaient pas. Il n'y avait presque plus rien qui la retenait de s'abandonner enfin. Alors, il plaça un deuxième doigt à l'entrée de son sexe et la pénétra tout en aspirant son clitoris. Quand il la sentit venir tout contre sa bouche, il eut du mal à ne pas jouir à son tour.

Sia revint à elle lentement, engourdie par la puissance du plaisir qui venait de la terrasser. Elle avait la sensation d'être hors d'elle et observa paresseusement Sebastian qui prenait quelque chose sur la table de nuit. Il vint s'allonger près d'elle et passa la main sur son corps : d'abord sa hanche, ses côtes, puis ses seins et enfin son cou. Il écarta délicatement ses cheveux pour poser les lèvres sur sa peau sensible. Elle s'abandonna à ses baisers tandis qu'il l'attirait contre son corps dur, la faisant rouler de côté face à lui. Son sexe se pressa entre ses cuisses, et elle fut choquée par la puissante vague de désir qui monta en elle à ce contact alors qu'elle pensait être comblée.

— Nous pouvons nous arrêter, gronda-t-il contre son oreille.

— Je ne veux pas.

Il relâcha sa taille et la laissa glisser sur le dos à nouveau. Pendant une longue seconde, il l'étudia, sans doute en quête du moindre doute. Alors, elle prit son visage entre ses paumes.

— Sebastian, honnêtement, est-ce que j'ai l'air nerveuse ? Sans doute un peu. Excitée ? Énormément. Effrayée ? Absolument pas.

Elle caressa l'ombre rugueuse de sa barbe.

— C'est ce que je veux, souffla-t-elle, avant de poser les lèvres sur sa bouche.

Un baiser léger d'abord, puis plus profond, jusqu'à ce que leurs langues se mêlent, jusqu'à ce qu'elle agrippe ses cheveux. Alors, elle oublia tout à nouveau. Bientôt, il se glissa entre ses jambes, exactement là où elle voulait le sentir, sa peau chaude contre la sienne. Il prit à son tour son visage dans sa paume, et elle eut l'impression d'être protégée, chérie. Avec effort, Sia cligna des paupières pour ravaler les larmes d'émotion qui menaçaient.

Mais déjà Sebastian se penchait vers elle. Il lui donna un lent baiser, voluptueux et enivrant, pour la distraire de ses dernières inquiétudes. Elle perdit toute notion du temps, envoûtée par la passion de leur baiser. Chaque cellule de son corps semblait prendre vie et réchauffer tout son être.

Avec douceur, Sebastian positionna son membre à l'entrée de sa féminité et entra très lentement en elle. Sia sentit une pression inconnue et étrange alors que ses muscles intimes se contractaient autour de son sexe. Sa bouche continuait de l'émerveiller, la chaleur de son corps puissant la réchauffait délicieusement, et elle voulait plus, toujours plus. Le désir puissant qui l'envahissait la fit se cambrer sous lui, ardente, impatiente. Elle voulait le sentir en elle, complètement.

Enfin, il accéda à sa supplique silencieuse et la prit entièrement. Puis il se retira, et elle resserra les jambes autour de lui, affolée, éperdue, avant qu'il entre à nouveau en elle en la faisant crier de bonheur. Leurs corps se fondaient l'un dans l'autre comme s'ils étaient faits pour s'accorder, et Sia se sentit entraînée toujours plus loin, vers un océan de sensations plus merveilleuses les unes que les autres. Chacun de ses va-et-vient l'amenait plus près d'un précipice qu'elle voulait rejoindre tout en désirant faire durer davantage l'insoutenable plaisir qui la faisait trembler.

Elle crispa les mains sur les reins de Sebastian pour l'amener plus loin en elle, plus fort, là où elle en avait tant besoin. Au-dessus d'elle, ses yeux s'assombrirent, et l'éclat doré de ses iris sembla briller plus fort. Juste avant qu'ils s'abîment tous deux dans l'extase, leurs regards rivés l'un à l'autre, ils partagèrent un moment d'éternité.

8.

Sia s'étira langoureusement en sentant la chaleur des rayons du soleil sur sa peau. Avant même d'ouvrir les yeux, elle sourit en se rappelant la nuit qu'elle venait de passer. Finalement, elle entrouvrit les paupières et embrassa du regard le ciel bleu qu'elle apercevait au-dehors et la table dressée avec des croissants, des fruits et une grande cafetière.

Sebastian n'était pas là, et elle fut soulagée d'avoir un petit moment à elle pour se remettre les idées en place. Elle ne regrettait pas une seconde ce qui s'était passé la veille, néanmoins elle voyait mieux à la lumière du jour ce qu'il avait voulu dire en parlant de conséquences. Les émotions qui la traversaient n'étaient pas si faciles à ignorer. Et puis, comment interpréter cet instant magique où elle s'était sentie littéralement connectée à lui, sans masque, sans mensonges, sans secrets ? Pendant un bref instant, il n'y avait rien eu d'autre qu'eux et, malgré elle, une sensation d'éternité l'avait assaillie. Une telle plénitude ne pouvait pas s'arrêter. Brusquement, Sia écarta le drap comme pour se débarrasser de cette idée folle. Elle s'était mise d'accord avec lui. Rien de plus que les douze prochains jours - onze désormais.

Elle se glissa sous la douche et savoura le massage des jets chauds sur sa peau sensible. Prendre une douche n'avait jamais rien eu d'érotique, néanmoins le souvenir des caresses de Sebastian l'obligea à refroidir l'eau. Elle riait à moitié de sa propre folie en sortant pour enfiler un délicat peignoir de soie pendu à la porte, puis elle rejoignit la table dressée sur la terrasse. Elle se rua sur une pâtisserie et la savoura avec un grondement de contentement. En prendre une second ne serait pas raisonnable, mais sa nuit avec Sebastian semblait l'avoir affamée dans tous les sens du terme.

Que ressentait-il, lui ? Regrettait-il ? Est-ce que l'expérience avait été satisfaisante pour un homme aussi expérimenté ? Sa légère angoisse s'apaisa dès qu'elle repensa au regard qu'ils avaient échangé. Elle avait lu dans ses yeux la même stupéfaction émerveillée que la sienne.

Sia sirota son café en se perdant dans la contemplation de la mer. Bientôt, un petit bateau à moteur attira son attention. C'est son conducteur, plus précisément, qui alerta son regard. Elle alla chercher les jumelles dans le bungalow et les leva. C'était bien lui. Le vent plaquait sa chemise blanche sur son torse et soulignait les muscles de ses jambes sous son pantalon léger. Elle remarqua deux masses sombres à ses pieds. Des sacs ? Les mêmes que ceux qui avaient voyagé avec eux dans l'avion, peut-être ? Impossible à dire à cette distance.

Sebastian dépassa des jet-skis et un catamaran pour avancer tout droit vers un magnifique yacht qui restait à bonne distance de la marina. Sur le pont, Sia aperçut deux silhouettes. Il fallut quelques minutes à Sebastian pour l'atteindre, et elle le vit passer à ses occupants les deux paquets sombres. Un instant plus tard, il repartait dans l'autre sens.

L'esprit en déroute, Sia mangea sans même le savourer le second croissant et elle ne sortit de sa transe qu'en entendant des pas qui s'approchaient de la terrasse. Elle avait dû rester ainsi un bon moment, car Sebastian fit son entrée, un grand sourire aux lèvres. Il ôta ses lunettes pour révéler un regard brillant de promesses sensuelles. Avant qu'elle ait pu reprendre son souffle, il posa un baiser sur ses lèvres.

— J'espérais te trouver encore au lit.

— Je pourrais dire la même chose, répliqua-t-elle d'un ton volontairement neutre.

— Oh ! ça ? dit-il d'un ton léger en repérant les jumelles posées sur la table. Ce n'étaient que deux voyageurs qui avaient sous-estimé leur besoin en carburant pour rejoindre la prochaine île. Je ne voulais pas déranger le staff alors qu'ils s'occupent de l'ouverture imminente, donc je me suis chargé de leur fournir moi-même le carburant dont ils avaient besoin pour continuer leur route.

— C'est très gentil à toi.

— Tu as l'air surprise…, fit-il remarquer en riant.

— Pas le moins du monde, assura-t-elle, sans pouvoir retenir un sourire devant le naturel de leur échange en dépit du mystère de son excursion matinale.

Il se pencha pour lui voler un autre baiser.

— Finis ton petit déjeuner, déclara-t-il avant de croquer dans une pomme, il est temps d'y aller.

— Aller où ?

— Tu verras, répondit-il avec un petit sourire mystérieux avant de rentrer à l'intérieur.

Sia entendit le bruit de la douche. Soudain, son sourire la quitta et, comme un nuage passait devant le soleil, elle frissonna. Elle devait rester prudente, et ce n'était pas simple quand le moindre de ses baisers lui donnait le vertige.

Sebastian adorait conduire sa vedette. Il adorait le ronronnement du moteur, la sensation du gouvernail sous ses doigts, la chaleur du soleil amoindrie par le souffle frais du vent. Et, de ce qu'il pouvait voir, il n'était pas le seul à savourer ces sensations. Sia poussait un cri d'excitation à chaque fois qu'ils prenaient une vague inattendue.

Ce matin, il avait le cœur étrangement léger. Son projet dans les Caraïbes était achevé. La soirée avait été un succès, et les retours de son personnel étaient excellents.

Par ailleurs, il pouvait enfin mettre cette histoire de tableau derrière lui. Pour la première fois, il éprouvait un sentiment… d'accomplissement, précisément ce qui lui avait manqué lorsqu'il avait trinqué avec Aliah au club. À présent, tout lui semblait à sa place. Chacun avait obtenu ce qu'il méritait. Récompense ou revanche. Son souffle se bloqua dans sa gorge à cette pensée.

Pas tout à fait tout le monde… Sia n'aurait peut-être plus de carrière à son retour à Londres. Non qu'il lui souhaite de retourner travailler pour des pourris comme Bonnaire, certes, mais tout de même… Du coin de l'œil, il observa son grand sourire et son beau visage balayé par le vent.

— Ça te dirait de la conduire un peu ? proposa-t-il, dans une tentative pour retrouver son humeur légère.

— Vraiment ?

— Bien sûr ! Ce n'est pas comme s'il y avait beaucoup de trafic par ici.

Sia bondit pratiquement sur le gouvernail, et il ne put retenir un sourire. Elle était contente d'être là. Quand il était rentré tout à l'heure, il avait cru voir une ombre dans son regard, mais elle n'y était plus. Il la fit glisser entre le gouvernail et son corps.

— Qu'est-ce que je dois faire ?

— Dirige le bateau vers cette petite île là-bas. Accélère un peu… doucement. Voilà, comme ça.

Sebastian se laissa aller à profiter simplement de l'instant présent. N'était-ce pas ce qu'il y avait de mieux à faire ? D'ici moins de deux semaines, elle serait repartie. Et puis, il avait toujours été doué pour profiter des bons moments, non ? Voilà ce qu'ils partageaient, avec Sia. Rien de plus.

Pourtant, il y avait cette plénitude qui montait en lui quand elle était là et ses yeux pleins de promesses… Non ! Il avait assez donné de lui-même, travaillé d'arrache-pied… Alors, quelle que soit la promesse qu'il lisait dans ses prunelles magnifiques, il ne se laisserait pas prendre au piège.

— Sebastian ?

Sa voix paniquée le ramena à l'instant présent. Il reprit le contrôle du bateau comme ils approchaient de l'îlet.

— Parfait ! Merci, officier !

— Si tu espères que je vais t'appeler « capitaine »…

Le regard brûlant qu'il posa sur elle l'empêcha de poursuivre.

— Tu… Tu voudrais vraiment ? balbutia-t-elle en sentant une chaleur sourde l'envahir.

Un instant plus tard, elle poussa un cri comme il la saisissait dans ses bras pour sauter par-dessus bord. L'eau tiède était délicieuse, et il ne relâcha pas son étreinte en les entraînant tous deux dans la mer.

— On dirait une sirène, souffla-t-il, alors qu'elle écartait les mèches humides de son visage avant de passer les bras autour de son cou.

Avec une audace dont elle ne se serait pas crue capable, elle pressa les lèvres sur les siennes et goûta la saveur salée de la mer sur sa langue. Sia ne voulait plus penser à rien d'autre qu'à lui et au plaisir de le sentir contre elle.

Il l'emporta jusqu'à la plage et revint prendre la glacière qui contenait leur déjeuner.

Ils passèrent les heures qui suivirent à nager, observer le récif, rire et s'embrasser avant de déguster un repas composé de crevettes à la sauce épicée, d'une salade de mangue, de rillettes de saumon et de délicieux petits pains croustillants, le tout accompagné d'une bouteille de vin blanc glacé. Pas une seule fois Sia ne songea à sa mystérieuse expédition du matin, pas plus qu'au tableau volé.

En vérité, elle commençait à apprécier un peu trop cette vie sans souci.

Premier enquêteur : Vous êtes donc partie pour les Caraïbes où vous avez assisté à une soirée VIP sans aucun VIP, vous avez fait du snorkeling et nagé avec les poissons et très bien mangé… Pendant tout ce temps, avez-vous seulement cherché le tableau ? Mené la moindre enquête ?

Miss Keating : À ce moment-là, je ne croyais plus que le tableau se trouvait avec lui dans les Caraïbes.

Second enquêteur : Lui avez-vous posé la question ?

Après des heures d'un bonheur sans nuages, ils rentrèrent au bungalow main dans la main. Sia sentait ses membres rompus de fatigue et son corps saturé de joie. À peine rentrée, elle repéra le barbecue qui avait été installé sur la terrasse.

— J'espère que ça ne t'ennuie pas de dîner ici. Le restaurant est fermé pour préparer l'ouverture officielle prévue la semaine prochaine. Il va falloir que tu te contentes de ma cuisine.

Sa grimace exagérée la fit rire et, sur un baiser, elle disparut derrière le paravent. Autant mettre à profit ce bref moment de solitude pour tempérer ses émotions. Elle se sentait bouleversée par les attentions qu'il avait pour elle. Sia n'avait certes aucune expérience en matière de relations amoureuses ou simplement sexuelles, néanmoins tout entre eux paraissait incroyablement naturel. Elle serra brièvement le poing en se rappelant comme c'était bon de sentir ses doigts entrelacés aux siens.

Pour autant, elle ne devait pas s'imaginer qu'il y avait plus que cela. Si elle se laissait aller à la faiblesse de l'espoir, elle était perdue !

Déterminée à se préserver, Sia sortit de l'espace réservé aux ablutions, un sourire plaqué sur le visage et vêtue d'une robe vert forêt qui était serrée juste sous les seins avant de s'évaser en longs pans aériens jusqu'aux pieds. Un autre présent de Sebastian… Elle se sentait un peu l'âme bohème avec ses boucles qui séchaient librement sur ses épaules et ses pieds nus. Quand elle le rejoignit sur la terrasse, Sebastian lui tournait le dos, concentré sur la préparation d'une marinade au parfum savoureux.

— Tu veux servir le vin ? proposa-t-il sans se retourner.

— Un pinot noir ! s'exclama-t-elle en lisant l'étiquette.

— Du domaine Tersi, qui plus est. Tu n'en as jamais goûté ?

— Je n'en ai jamais eu les moyens, soupira-t-elle en servant le vin fruité.

Ils vivaient dans deux mondes différents, et elle ferait aussi bien de ne pas l'oublier. Sia s'installait à la table joliment dressée au moment où Sebastian s'approcha, un sourire triomphant aux lèvres et deux steaks cuits à la perfection dans un plat. Très vite, le vin délicieux, la nourriture recherchée et la conversation légère, ajoutés à la promesse des plaisirs à venir, plongèrent Sia dans une bienheureuse félicité.

Pendant qu'il débarrassait les assiettes vides, elle contempla la nuit emplie d'étoiles, qui s'éclaircissait vers l'horizon derrière lequel le soleil venait de plonger. Avec cette lumière et le cocon d'obscurité qui les entourait, elle aurait pu croire qu'ils étaient seuls au bord du monde. Et, pour la première fois depuis des siècles, Sia eut soudain envie de tenir un pinceau entre ses doigts pour capturer ce moment hors du temps, pour fixer les émotions paradoxales qui l'animaient, entre joie pure et tristesse mélancolique de savoir que rien de tout cela ne durerait.

— Tout va bien ? s'inquiéta Sebastian, tandis qu'elle prenait conscience qu'elle était restée plongée dans sa contemplation un long moment.

— Oui… Oui ! C'était une journée presque parfaite.

— Presque ? reprit-il avec une indignation exagérée.

Son premier instinct fut de rire avec lui, puis elle repensa à son excursion étrange du matin et à son explication bancale.

— À quoi ressemblerait un jour parfait, selon toi ? questionna-t-il.

— Découvrir en privé l'authentique *Allégorie de la Gloire* d'Artemisia Gentileschi, répondit-elle sans hésiter.

— Vraiment ? Pourquoi cette artiste et cette toile-ci en particulier ?

— Déjà parce qu'elle porte mon nom.

— Ton prénom est *Artemisia* ? s'exclama-t-il, amusé.

— Eh oui ! Essaye un peu de survivre à un nom pareil à l'école.

Derrière l'humour, elle pouvait encore sentir la piqûre des moqueries, plus dures encore après l'arrestation de son père.

— Tu ne l'aimes pas ?

— Pas du tout ! Je considère même que c'est le pire acte parental commis par mon père ! À ce niveau-là, c'est de la cruauté !

— Plus que d'avoir été arrêté et de t'avoir laissée grandir seule ?

— Oui, d'une certaine manière. Ce nom… C'était encore

à propos de *lui*, de *son* artiste préférée, de *son* arrogance et de *son* obsession pour l'excellence.

Sebastian garda un instant le silence.

— Tu parles d'arrogance… Es-tu certaine qu'il ne voyait pas tout simplement en toi, même bébé, quelque chose de son artiste favorite ?

Sia n'avait jamais songé à une telle éventualité et elle ne sut quoi répondre, aussi reprit-il :

— Tu connais l'histoire de cette femme ? Ce qu'elle a dû surmonter pour devenir l'une des artistes baroques les plus accomplies de son siècle ?

— Bien sûr, souffla-t-elle.

— Dans ce cas, cela te paraît-il inenvisageable que ton père t'ait nommée d'après elle pour te donner la force et le courage dont elle a fait preuve en menant son violeur devant les tribunaux de l'Italie du XVIIe siècle ?

Sebastian la laissa méditer cette réflexion un instant avant de s'enquérir :

— Et pourquoi spécifiquement l'*Allégorie de la Gloire* ?

Sia sourit machinalement en voyant la toile se former dans son esprit. Elle en connaissait chaque trait de pinceau sans l'avoir jamais admirée en vrai.

— C'est une toile remarquable. Hélas, même le renom de Bonnaire ne me donnera jamais accès à la collection privée dans laquelle elle se trouve. J'aime cette *Gloire* parce qu'elle est représentée de façon extrêmement féminine sans pour autant être une beauté classique. Elle n'est pas nue, ni sensuellement alanguie, elle n'est pas soumise au regard d'un homme. Elle est belle et puissante par elle-même, et puis il y a ce regard… Elle a l'air d'observer ce qui se passe hors du cadre et… de l'accepter, comme si le spectacle qu'elle avait sous les yeux était choquant, triste mais aussi inévitable.

Comme Sebastian posait sur elle un regard étrange, elle s'interrompit.

— Pardon, j'ai l'air de délirer…

— Pas du tout. C'est ton jour parfait, tu peux en faire ce que tu veux. Est-ce que tu as toujours voulu devenir expert en art ?

— J'ai toujours voulu travailler dans l'art, dit-elle en évitant de répondre franchement. Ça allait au-delà de l'envie de suivre les pas de mon père. Je n'ai pas menti en affirmant que j'avais ça dans le sang.

— Et tu n'as jamais voulu peindre ?

— Si, admit-elle en songeant à son obsession enfantine pour les couleurs et pour la reproduction des images qu'elle voyait dans son esprit.

Elle adorait depuis toujours exprimer sens et émotions autrement que par le langage. Elle pouvait sentir ce besoin de crier ses pensées à travers les couleurs et la texture en cet instant même, face à Sebastian.

— Pourquoi tu ne l'as pas fait, alors ?

— Je...

Sia considéra toutes les réponses qu'elle aurait pu lui fournir, soudain fatiguée de réfléchir sans cesse à ses paroles pour s'assurer qu'elles ne se retournent pas contre elle. Enfin, elle se décida pour la vérité.

— Parce que j'ai eu peur. Peur d'être seulement capable de copier des artistes, comme mon père. De ne pas avoir de talent propre.

En fait, cette peur ressemblait à celle que lui procurait la passion, comme si elle avait toujours vécu dans la hantise d'hériter des principaux traits de caractère de ses deux parents. Mais Sebastian lui avait ouvert les yeux et montré un moyen de dépasser cette angoisse en se laissant aller à la passion sans devenir comme sa mère. Que se serait-il passé si elle avait dépassé sa peur de la médiocrité ? Si elle avait été en école d'art ?

Pour ne pas affronter ces questions, elle préféra se tourner vers lui.

— Et toi alors ?

— Quoi, moi ? J'ai onze hôtels qui ont tous ensemble un total de soixante-douze étoiles, sans compter que bon nombre de leurs restaurants sont étoilés au Michelin et...

— Je sais, je sais, le coupa-t-elle en riant devant son panégyrique ironique. Mais est-ce que c'est vraiment ce que tu veux ? Je ne suis pas en train de sous-estimer ce que tu as accompli, Sebastian, parce que c'est objectivement incroyable. Seulement… Qu'est-ce que tu voulais faire de ta vie quand tu étais enfant ? Astronaute ? Plongeur de l'extrême ? Tu voulais sans doute plus que…

Elle s'interrompit, hélas trop tard, et avala une longue gorgée de vin pour cacher son embarras. Elle ne voulait absolument pas laisser entendre que devenir un milliardaire à succès n'était pas un accomplissement génial en soi, pourtant c'est exactement ce qu'elle venait de formuler…

— J'allais devenir médecin, dit-il enfin. J'avais été accepté à la faculté de médecine de Harvard.

La façon nonchalante dont il lui fit cette confidence lui brisa le cœur. Comme s'il s'était simplement trompé d'article sur un rayonnage. Comme si c'était sans importance. Or, c'est précisément ce ton indifférent qui trahissait l'ampleur du sacrifice auquel il avait consenti.

— Après la ruine de mon père, je ne pouvais plus me permettre de payer les frais. De toute façon, il était hors de question de laisser Maria. Eduardo, mon père, était à peine capable de garder encore la tête haute, et sa femme, Valeria, était trop occupée à maudire le destin qui l'avait mariée à un ex-duc pour se préoccuper d'une enfant. Est-ce que tu aimes le vin ?

Le brusque changement de sujet la fit sursauter, mais elle lui laissa l'espace dont il avait besoin.

— Oui, il est délicieux.

— Theo sera ravi de l'entendre.

— C'est le vigneron ?

— Oui, Theo Tersi. Un très bon ami à moi.

— Parce que tu as des amis ? plaisanta-t-elle pour alléger l'atmosphère.

— Tu sembles surprise…

— Non, je me demande simplement ce qu'ils pensent du fait que tu aies volé un tableau à plus de cent millions de dollars.

— Est-ce que c'est ta question du jour ?

— Non, dit-elle, redevenue sérieuse.

Elle songeait à ce qu'il lui avait confié la veille au soir. Il voyait sa mère sur ce tableau. Était-ce seulement vingt-quatre heures plus tôt ? Elle avait l'impression que cela faisait une éternité… Tout avait tellement changé entre eux depuis.

L'expression de Sebastian lui souffla que la même pensée lui traversait l'esprit. Elle perçut son soupir que la brise emportait. Impossible d'ignorer la tension ambiante. Sia savait que la réponse qu'il lui donnerait répondrait à quasiment toutes les autres questions qui la taraudaient. Sebastian ne pouvait pas ignorer qu'ils en viendraient tôt ou tard à cette question, et elle ressentit un certain soulagement en le voyant prendre la parole.

— La première fois que j'ai rencontré Durrántez, c'était dans son atelier. Ma mère m'avait emmené là-bas. Elle venait juste d'apprendre qu'elle était enceinte et elle rayonnait. Littéralement. Tout en elle - ses émotions, surtout - était plus fort, plus intense. Et, pendant les quelques mois de sa grossesse, je me suis blotti dans cet amour immense qui émanait d'elle. Durrántez avait environ soixante-dix ans quand il a peint *Femme amoureuse*. Il avait une chevelure d'un blanc éclatant, des lunettes à monture noire et une chemise couverte de peinture. La moitié de son atelier était dans un désordre inimaginable, tandis que le reste était ordonné avec une précision militaire.

— Mon père était exactement comme ça, déclara-t-elle en souriant. Il disait que c'était l'ordre qui rendait la créativité possible.

Sebastian hocha la tête avant de poursuivre :

— Lui aussi semblait avoir succombé au charme qui émanait d'elle. Ils parlaient pendant des heures d'artistes, se disputaient pour classer les meilleurs tableaux et les meilleurs peintres de la décennie…

Le souvenir de leurs voix et de leurs rires semblait flotter sur la paisible mer des Caraïbes, et Sia se sentit transportée en Espagne avec lui.

— Je pouvais le voir, tu comprends ? À la façon qu'il avait

de la regarder. Comme si ma mère n'était pas seulement le centre de la pièce, mais de l'univers tout entier. Elle avait un rire chaleureux qui attirait les sourires et cette capacité à être aimable avec tous, aussi bien riches que pauvres.

— Un peu comme toi, fit doucement remarquer Sia.

Sebastian écarta cette idée d'un haussement d'épaules, partagé sans doute entre l'envie d'avoir quelque chose en commun avec elle - n'importe quoi - et le désir de la garder unique dans son cœur.

— J'avais dix ans à l'époque, c'était pendant les vacances d'été. J'avais apporté un livre parce que j'avais peur de m'ennuyer, pourtant je n'ai pas pu faire autre chose que regarder tout ce qui se passait. Je n'en ai pas manqué une miette. Et aujourd'hui je suis heureux de l'avoir fait. Ma mère a posé pour Durrántez pendant dix-sept heures en tout et, comme Durrántez, j'ai passé chaque minute à tracer en pensée la ligne de son sourire, la courbe de sa joue, le rose délicat de son teint rayonnant de bonheur. Grâce à cela, je ne pourrai jamais oublier le visage de ma mère - même si ma sœur n'était pas son portrait craché.

Sia avait la chair de poule et elle dut serrer fort les paupières pour ravaler ses larmes. Cependant, elle ne dit rien. Elle sentait qu'il n'avait pas terminé.

— La toile a été finie seulement après sa mort, reprit-il à voix basse. Pendant les séances de pose, elle portait une robe blanche, mais Durrántez a choisi de la transformer en robe noire. Une marque de respect, de deuil - son deuil à lui ou le nôtre, je ne le saurai jamais. Peu importe. C'est le dernier tableau qu'il ait peint.

Sia respirait à peine tandis que l'énormité de cette révélation prenait corps en elle. Depuis près de vingt ans, personne n'était parvenu à identifier la *Femme amoureuse*. Ce qu'elle venait d'apprendre lui aurait assuré un succès retentissant dans le milieu ; or, pour une raison mystérieuse, Sia découvrait qu'elle voulait garder ce secret pour elle. Étrangement, alors qu'elle n'avait jamais vécu la mort d'un proche - pas au sens propre, du moins –, elle saisissait avec une acuité violente la perte qu'il avait subie. Derrière son récit, elle devinait à demi-mot que sa mère avait dû mourir en couches, quelques mois sans doute après les événements qu'il venait de lui raconter. Avec elle, il avait perdu une mère, une présence assez puissante pour devenir la muse d'un artiste immense, et également un avenir qu'il désirait.

— Comment le cheikh a-t-il pu entrer en possess… ?

Elle ne termina pas sa phrase, car elle commençait à voir les fils qui, entrelacés, donnaient la trame de cette histoire, et un frisson la saisit.

— C'était lui… L'homme qui a convaincu ton père d'investir dans cette affaire. Oh mon Dieu ! Et ensuite, il… Abrani ne t'a jamais laissé racheter la toile, alors même qu'il savait à quel point elle devait compter pour toi.

Son père avait dû utiliser la toile comme monnaie d'échange après sa ruine… Sia ne voyait plus rien de ce qui l'entourait tandis que son cerveau remettait en place chaque pièce du puzzle.

— Alors tu as récupéré le tableau, conclut-elle. Mais ce n'était pas suffisant de simplement le voler, tu voulais humilier publiquement le cheikh.

— Je lui ai laissé le choix, répondit-il lentement. Pour éviter la honte, il aurait pu continuer à clamer que sa toile était authentique, mais alors il aurait dû affronter une enquête qui aurait sans nul doute révélé sa propre duplicité dans le deal qui lui avait fait obtenir le tableau, dix ans plus tôt, sans même parler du reste. Ou bien, il acceptait la honte publique d'avoir tenté de vendre un faux.

— Pour atteindre ton but, il fallait que le tableau soit exposé comme un faux…

Sans quoi le cheikh n'aurait pas été au courant du vol et… Sia sentit sa gorge se serrer en prenant conscience de l'implication de Bonnaire dans cette affaire. Son employeur avait forcément partie liée avec ces transactions illégales ! Le doute n'était plus permis.

À mesure qu'elle envisageait tous les pans de cette histoire, des émotions violentes et contradictoires la saisissaient. Son cœur saignait pour le garçon qui avait perdu sa mère, puis son foyer et son avenir quelques années plus tard. Elle mesurait les sacrifices auxquels Sebastian avait consenti pour sa famille et comprenait mieux son penchant pour les plaisirs faciles que sa fortune lui permettait. Elle avait presque sur la langue le goût de la revanche qui avait motivé un jeune garçon de dix-huit ans à faire fortune. Mais elle dans tout ça ? Qu'est-ce que cela disait de son propre rôle dans cette histoire ?

— C'est une hypothèse intéressante, répondit-il en l'examinant attentivement.

Elle sentait aussi bien que lui l'intensité du moment, comme si, en cet instant, leur futur à tous les deux se décidait.

— Dommage que tu aies déjà utilisé ta question du jour, je ne peux ni confirmer, ni infirmer, dit-il à voix basse.

Le regard plongé dans le sien, Sia hocha lentement la tête. Elle pouvait se lever et s'éloigner. Maintenant. Elle n'avait certes pas de preuve, elle n'avait pas vu le tableau, mais elle savait. Cependant, la raison pour laquelle il avait volé la toile lui paraissait soudain essentielle, alors même qu'elle avait affirmé se moquer de ses motivations au Victoriana. Rien n'était plus faux aujourd'hui. Ni Bonnaire ni Abrani ne méritaient de remettre la main sur l'authentique Durrántez. Elle n'aurait jamais cru en arriver à la conclusion que ce vol était une forme de justice.

Hélas, la seule qui perdait dans cette histoire, c'était elle. Encore que... Ce qu'elle vivait avec Sebastian... Ce jeu étrange qu'ils jouaient, à des milliers de kilomètres de son quotidien morne et triste, sans passion, sans joie, sans folie... Cela la transformait. Elle pouvait enfin reconnaître la passion qui l'habitait et décider de faire *plus* qu'évaluer les créations d'autres peintres.

Sia ferma les yeux et inspira lentement avant de se tourner à nouveau vers Sebastian, écartant volontairement les questions, les angoisses et le reste du monde. Elle voulait sentir ses mains sur sa peau, éprouver la vérité de leurs corps enlacés, parce que c'était tellement plus simple, plus doux, plus fort que de démêler les mensonges qu'on n'avait cessé de lui dire et ceux qu'elle s'était raconté à elle-même.

— Tu m'emmènes au lit ? pria-t-elle.

— J'obéis à tes souhaits, ma belle, dit-il en lui prenant la main pour y poser les lèvres. Aussi longtemps que tu le voudras.

9.

Premier enquêteur : OK, donc snorkeling… baignade… nourriture délicieuse… couchers de soleil à couper le souffle et promenades sur la plage. On voit à peu près le tableau. Mais nous savons aussi que vous n'êtes pas restée dans les Caraïbes jusqu'au bout…

Miss Keating : Comment… ?

Second enquêteur : Nous sommes des enquêteurs.

Miss Keating : [silence]

Premier enquêteur : Quand êtes-vous partie pour l'Italie ?

Au début, Sia n'avait eu aucune envie de quitter leur petit paradis tropical, mais la perspective de découvrir l'Italie la fit presque courir pour descendre de l'avion qui avait atterri à Sienne.

— Je n'arrive toujours pas à croire que tu n'aies jamais vu l'Italie ! s'exclama Sebastian. C'est criminel !

— Il faudrait peut-être que tu revoies ta définition du mot *crime*, répliqua-t-elle, pince-sans-rire.

Comme il l'entraînait avec un grand sourire vers une voiture décapotable de collection au bord du tarmac, elle écarquilla les yeux.

— Elle est à toi ?

— Oui.

— Je peux la conduire ?

— Absolument pas.

— Mais tu as déjà piloté l'avion ! gémit-elle, parfaitement consciente de ressembler à une enfant capricieuse.

— Tu veux vraiment la jouer comme ça ? demanda-t-il en baissant légèrement ses lunettes de soleil sur son nez.

— Bon, bon, d'accord, soupira-t-elle. Mais alors, je veux aller au musée des Offices et à la galerie de l'Académie de Florence. Il faut aussi absolument que je voie les fresques médiévales de la basilique Saint-François à Assise, et bien sûr la *Pietà* de Michel-Ange dans la basilique Saint-Pierre au Vatican et…

— OK, OK, j'ai compris, l'interrompit Sebastian avec un rire tout en démarrant le moteur. Tu veux *tout* voir.

— Si c'est possible, dit-elle en ressentant une pointe d'amertume en songeant que le temps leur était compté.

— Nous avons du temps, répondit-il.

Pourtant, il lui sembla qu'il prononçait ces mots seulement pour s'en convaincre lui-même.

Sebastian ressentait une satisfaction étrange à prendre les virages de la route qui menait chez lui. Il n'avait jamais éprouvé cela auparavant : cette sensation de rentrer à la maison. Pendant des années, il était sans cesse en déplacement entre ses hôtels et travaillait constamment, alors la maison était davantage un foyer pour Maria que pour lui. Aujourd'hui, le fait d'amener Sia jusqu'ici lui donnait l'impression de révéler une part de lui-même.

Une part, seulement. Il pouvait se permettre de la laisser pénétrer dans cet univers parce qu'elle serait bientôt partie. Il ne leur restait plus que dix jours, et c'est pour cette raison qu'il avait décidé de lui faire une surprise. Il sourit pour lui-même, impatient de découvrir sa réaction.

Il la chercha du regard et, comme à chaque fois qu'il posait les yeux sur elle, sa beauté le saisit. Elle avait noué un foulard sur sa tête pour empêcher le vent de mettre davantage de désordre dans ses boucles folles, et il brûlait d'embrasser à pleine bouche ses lèvres rouges. Elle était splendide, si pleine de vie et de passion, bien plus encore qu'il ne l'avait soupçonné la première fois qu'il l'avait vue au Victoriana. Il la voulait. Constamment. Quand donc son obsession prendrait-elle fin ? Son désir pour elle était quasiment constant, son besoin d'elle semblait grandir jour après jour, et Sebastian serra le volant sous ses doigts, inquiet.

— À quand remonte la dernière fois que tu es venu ? cria-t-elle pour couvrir le bruit du vent.

— La dernière fois… ? Ah oui, j'ai eu un déjeuner avec la reine de Iondorra et son mari. Quand, déjà… ?

— Est-ce que tu viens juste de lâcher le nom d'un membre de la royauté dans la conversation ?

— Absolument, admit-il avec un large sourire. C'est l'un des avantages du mariage de Theo.

— Theo ?

— Theo Tersi. Tu sais, l'ami viticulteur dont tu étais surprise d'apprendre l'existence… Nous sommes partis vérifier que le mari que Maria s'est déniché était un type bien, expliqua-t-il en prenant le dernier virage pour entrer dans la propriété.

— Et alors ? Est-ce qu'il l'est ?

— Le temps nous le dira, répondit-il.

Bientôt, il oublia Matthieu de Montcour comme il se garait devant les marches du perron.

Sia sortit lentement de la voiture, les jambes tremblantes. La demeure qui s'élevait sous ses yeux aurait littéralement pu être la maison de ses rêves. La bâtisse couleur crème reposait au milieu d'un écrin de fleurs et de verdure d'une beauté à couper le souffle.

Malgré elle, un rire lui échappa. Il aurait fallu que quelqu'un la pince mais, en même temps, elle ne voulait surtout pas être tirée de ce rêve éveillé. Le retour sur terre risquait d'être sacrément douloureux.

Sebastian s'était arrêté à mi-chemin des marches, et elle admira sa silhouette athlétique qui se détachait au centre des trois arches qui ornaient la façade. Il la fixait comme si c'était elle qui avait un comportement étrange et non lui, avec sa maison, sa richesse, ce sanctuaire incroyable, qui dépassaient l'entendement.

Elle avança vers sa main tendue en se préparant aux étincelles qui se produisaient à chaque fois qu'il posait les mains sur elle. Dans l'entrée, les rayons du soleil qui tombaient sur les carreaux terracotta donnaient une lueur chaude et accueillante. Elle passa devant une cuisine juste sur la droite, puis un escalier qui montait à l'étage. Sur la gauche, elle aperçut un grand salon avec une immense cheminée, mais Sebastian l'entraîna plus loin, et elle comprit bientôt pourquoi.

Elle eut l'impression de pénétrer au paradis en découvrant le jardin. Une table et deux chaises en fer forgé blanc étaient disposées au milieu d'un parterre de verdure. Au milieu des haies, des arbres en pot déployaient leurs formes bien taillées. Au-dessus de la table où étaient disposés un repas et une carafe de limonade fraîche, une tonnelle de glycine pourpre procurait une ombre bienvenue. Sia inspira les senteurs délicieuses de la Toscane.

— Comment est-ce que tout ça s'est retrouvé là ?

— J'imagine que mon personnel s'est acharné à préparer ce festin pour toi.

— Pour moi ?

Il fit une grimace.

— Est-ce que cela t'ennuierait que je te laisse une petite heure ? J'ai une affaire à régler.

Tout en parlant, il avait pris son menton dans sa main et posé le pouce au centre de sa lèvre inférieure. Aussitôt, la chaleur familière embrasa ses reins. Il s'écarta comme à contrecœur.

— Tu peux aller où tu veux, sauf au sous-sol, ajouta-t-il en posant un baiser sur son front.

Avant qu'elle ait eu le temps de réagir, il avait disparu.

Sia resta un instant pétrifiée. C'était la première fois que Sebastian était parti en dépit de leur deal. Il lui avait promis qu'elle pourrait le suivre partout, aussi l'excitation et la joie qu'elle éprouvait depuis leur arrivée en Italie s'éteignit-elle brutalement. Elle n'avait plus aucun appétit, et son ventre se serra douloureusement, exactement la sensation qu'elle ressentait lorsque son instinct lui disait que quelque chose ne tournait pas rond. Exactement la même chose que lorsqu'elle avait vu Sebastian rejoindre le yacht.

Sia pressa la main sur son ventre douloureux. Était-ce du bluff ? S'attendait-il qu'elle fouille toute la maison à la recherche de la toile en se concentrant précisément sur le sous-sol afin qu'elle rate quelque chose qui se trouverait juste sous son nez ?

Peu importait ce qui se passait entre eux - et qu'elle aurait d'ailleurs été incapable de définir –, il ne fallait surtout pas qu'elle perde de vue l'essentiel. Elle était ici pour son travail. Elle devait revenir avec une preuve irréfutable du vol, même si, désormais, la frontière entre le bien et le mal ne lui semblait plus si claire. Même si Sebastian lui avait déjà volé quelque chose d'encore plus précieux à ses yeux que la toile de Durrántez.

Sia commença par le second étage et elle fut troublée par la différence qu'il y avait entre cette maison-ci et l'impression de froideur de celle de Knightsbridge. Cette demeure était clairement un foyer. Les teintes des pièces étaient chaudes et naturelles - terracotta, crème, gris minéral et bois. La végétation extérieure était rappelée par des plantes grimpantes qui s'épanouissaient à la lumière des larges fenêtres. L'éclat du soleil réchauffait de spacieuses chambres à coucher dont chacune se déclinait en une teinte dominante. Partout, des tableaux, le plus souvent abstraits, attiraient son regard. La plupart lui étaient inconnus, mais tous témoignaient du goût excellent de Sebastian.

Était-ce une pointe de jalousie qu'elle ressentait en contemplant ces beautés ? Aurait-elle aimé être la future artiste découverte par lui ? Qu'est-ce que cela ferait d'avoir un mécène qui croyait en elle et en son talent ? En vérité, elle savait déjà ce que cela faisait d'être révélée par lui, d'être sans cesse mise au défi de se dépasser, de croire en elle…

Oui, ce qu'elle avait découvert avec Sebastian allait bien au-delà du petit jeu auquel ils se livraient. Il l'avait incitée à se questionner sur sa vie, ses parents, elle-même.

Elle était sur le point de descendre d'un étage quand le bruit des roues sur le gravier de l'allée l'attira vers la fenêtre. Un van gris venait de s'arrêter, et des hommes en uniforme en descendirent pour se diriger vers Sebastian qui les attendait. Elle ne pouvait entendre leurs voix, mais ils se saluèrent, puis retournèrent ouvrir le coffre du van pour en sortir une caisse de bois spécifiquement faite pour transporter les tableaux.

Sia sentit sa peau se hérisser et son cœur se serrer. Comptait-il introduire le Durrántez dans sa demeure sous son nez ? Avait-il l'intention de le cacher au sous-sol ou bien comptait-il le lui montrer ? Et, si oui, que ferait-elle ?

Cette dernière semaine, elle avait vécu un rêve merveilleux - mais ce n'était rien de plus : juste un rêve. Voir la peinture rendrait tout cela… réel. Elle serait finalement forcée de faire un choix entre lui et le tableau. Or, elle ne savait pas quoi faire.

Elle resta un long moment à la fenêtre, le regard perdu, à se demander si elle devait prendre son parti ou bien s'il l'avait séduite pour couvrir ses traces.

Sebastian ressentait la morsure désagréable de l'incertitude. Il n'avait pas vu Sia de l'après-midi et n'avait pas pu partir à sa recherche, car il avait dû s'occuper d'un incident mineur dans son hôtel de New York. Le temps qu'il termine, il était 5 heures passées. Au début, il s'était dit qu'elle avait trouvé une occupation ou qu'elle était partie se reposer mais, à mesure que le jour faiblissait, l'inquiétude l'avait envahi. Il savait qu'il prenait un risque en lui limitant l'accès à une partie du domaine, mais cela en valait la peine. Du moins, il l'espérait…

Quand elle fit enfin son apparition dans le salon, il en resta bouche bée. Elle portait une sublime robe couleur miel, sensuelle et évocatrice. À croire qu'elle l'avait mise pour le rendre fou. C'est pour cela qu'il ne vit pas tout de suite qu'elle semblait sur la réserve.

— Est-ce que tout va bien ? s'inquiéta-t-il.

Il brûlait de la rejoindre, mais son instinct lui souffla qu'elle risquait de fuir. Pour toute réponse, elle hocha la tête. Sebastian retint un rire amer. Elle était décidément une bien mauvaise actrice, et il devina en un instant quelles conclusions elle avait tirées de sa requête. Comment l'en blâmer ? Il prit une inspiration heurtée avant de déclarer :

— J'avais un plan pour ce soir, mais…

Il s'interrompit en mesurant l'inutilité des mots.

— Tu peux venir avec moi ? proposa-t-il à la place en lui tendant la main, comme il l'avait fait tant de fois ces derniers jours.

Seulement, cette fois, elle hocha la tête mais ne prit pas la main tendue. Refusant de se laisser submerger par le pressentiment douloureux qui le saisissait, Sebastian ouvrit le chemin en expliquant :

— Les propriétaires précédents ont converti tout l'espace du sous-sol en une immense cave à vin. Avec quelques ajustements, je me suis dit que ce serait parfait…

Il ne savait même pas pourquoi il persévérait ainsi alors que tout ce qu'il avait espéré était bel et bien brisé.

— Parfait pour quoi ? demanda-t-elle, toujours sur la défensive.

— Pour cela, dit-il en allumant la lumière, qui éclaira la pièce aux murs de pierre.

La salle s'étendait sous l'intégralité du bâtiment, assez vaste pour accueillir une cache de résistants pendant la guerre. Parfaite désormais pour mettre en valeur sa collection. Il se sentit étrangement satisfait de l'entendre retenir son souffle. Cette pièce était la raison pour laquelle il avait acquis cette demeure. Il était immédiatement tombé amoureux des pierres claires, des murs voûtés et des arches qui délimitaient des espaces plus petits.

Ce fut l'immensité des volumes qui lui sauta d'abord aux yeux. Puis les peintures. Partout, des tableaux étaient suspendus. Certains mondialement connus, d'autres dont elle devinait la patte d'artistes moins célèbres, d'autres encore dont elle aurait juré qu'ils se trouvaient dans des musées et ameutaient les foules. Elle suivit Sebastian dans les allées, émerveillée devant la plus belle collection d'art privée qu'elle eût jamais vue. Il n'y avait pas de motif organisateur dans cette collection, si ce n'est un goût raffiné et, bien sûr, une richesse vertigineuse.

Elle finit par s'immobiliser au centre de la pièce en découvrant sur le mur opposé une peinture recouverte d'un pan de velours. Sans qu'elle comprenne pourquoi, son pouls s'accéléra, et elle frissonna. Une peur glaçante l'envahit. Elle craignait que ce ne soit le Durrántez, ou d'ailleurs que ce ne soit pas lui… Le moment qu'elle redoutait était arrivé, et elle ne savait toujours pas comment elle devrait réagir.

Il y avait une table devant la peinture, et cela lui parut presque inapproprié. Tout comme la bouteille de champagne dans son seau à glace et les deux flûtes qui attendaient d'être servies. Toute cette mise en scène lui parut absurde, comme s'il se jouait d'elle, comme si quoi qu'il se trouve sur cette toile, c'était pour lui une plaisanterie. L'idée lui fit atrocement mal.

Dans son dos, Sebastian n'avait pas prononcé un mot, et elle sentait ses yeux sur elle tandis qu'elle s'avançait vers le tableau masqué. Même en cet instant, son regard la rendait pleinement consciente du mouvement de la soie sur son corps, de la façon dont ses hanches ondulaient à cause de ses talons hauts. Elle tendit la main vers la corde dorée qui maintenait le velours en place et tira en retenant son souffle.

Ce n'était pas le Durrántez.

C'était l'*Allégorie de la Gloire* d'Artemisia Gentileschi.

Les yeux écarquillés, elle admira chaque détail du petit tableau - la richesse de la robe, la trompette d'or qu'elle tenait dans une main, l'angle de son visage… Voir ce tableau en direct était indescriptible.

Ce n'était pas un piège. C'était le tableau qu'elle lui avait dit vouloir contempler pour son jour parfait. Ce qui rendait soudain logique le champagne… Acquérir ce tableau, ne fût-ce que pour une soirée, avait dû coûter une fortune - elle se refusait à penser qu'il ait pu l'acheter !

Elle posa une main tremblante sur sa joue.

— J'ai cru…

— Je sais.

Elle le sentit approcher dans son dos, et la chaleur qui émanait de lui éveilla aussitôt ses sens.

— Est-ce que tu voulais que ce soit le Durrántez ? demanda-t-il d'un ton parfaitement neutre.

— Je ne sais pas.

Après un dernier regard sur le Gentileschi, elle se tourna vers lui, toujours incapable de croiser son regard.

— J'ai tout ruiné, n'est-ce pas ?

— Pas du tout, assura-t-il d'un ton léger en lui tendant une coupe pleine.

— Tu es très mauvais menteur.

Le dernier mot lui fit mal, et elle ne put retenir une larme qui coula sur sa joue. Sebastian l'essuya du pouce. Peu importait ce qu'ils prétendaient, le Durrántez serait toujours là, entre eux. Jusqu'à ce que l'un d'eux craque. Lequel serait-ce ?

Son pouce passa sur sa lèvre, et elle en mordilla d'instinct la pulpe, désespérée de retrouver l'habituelle connexion entre eux. Ses lèvres se refermèrent autour de son doigt, puis elle se détourna, incapable de le laisser lire dans ses prunelles bleues la honte qu'elle ressentait à l'idée de s'être à ce point trompée sur lui. Une fois de plus, elle l'avait mal jugé ; cette fois, cependant, elle n'aurait pas dû parce qu'elle en avait assez appris sur lui. Il posa la paume sur sa joue pour la ramener doucement vers lui et attendit qu'elle lève enfin les yeux.

Elle ne lut dans son regard ni frustration ni ressentiment. Non, seulement une chaleur qui la bouleversa, et elle sentit un désir brûlant l'envahir. Il baissa les yeux sur ses lèvres, et un instinct aussi sauvage que féminin prit possession de son âme. Depuis le début de leur relation charnelle, Sebastian lui avait appris à identifier ce dont son corps avait besoin, il l'avait amenée à des sommets d'extase qu'elle n'avait pas imaginés.

Alors, après cette journée d'agonie à se poser mille questions sans réponses, elle voulait simplement ne plus penser à rien. Elle voulait s'abandonner entièrement à ce regard qu'il posait sur elle, comme si elle était à la fois sa damnation et son salut.

En silence, elle le défiait de prendre ce qu'il voulait d'elle, de faire ce que bon lui semblait. Elle perçut le moment où il comprit son invitation muette, l'instant où la surprise laissa la place à un désir d'une intensité affolante. Il referma la main sur son poignet et l'attira entre ses bras. La tête rejetée en arrière, Sia le laissa la dévorer de baisers, le corps frémissant. Il crispa la main dans ses boucles pour ramener son visage vers lui et contempla une seconde ses lèvres offertes avant de s'en délecter.

Sia gémit sous les caresses de sa langue, s'agrippant à sa chemise pour réclamer davantage. Enivrée, elle eut à peine conscience qu'il s'asseyait sur une des chaises en la positionnant au-dessus de lui. Elle se cambra pour mieux le sentir entre ses cuisses, pour mieux savourer la sensation de son sexe dur.

Sebastian traçait d'invisibles lignes de ses doigts, partout sur sa peau. Les pointes de ses seins qu'il effleurait étaient si tendues qu'elles étaient douloureuses. Elle brûlait de sentir leurs peaux nues se toucher enfin. Comme s'il avait deviné l'urgence de son désir, il glissa la main sous l'élastique de sa culotte et appuya le pouce sur son clitoris, la faisait s'arquer avec volupté. Secouée de tremblements délicieux, Sia ondula contre la pression merveilleuse jusqu'à ce qu'il fasse glisser sa culotte à ses pieds en la plaçant de côté.

De ses mains fébriles elle chercha sa braguette et libéra son membre soyeux sans interrompre leurs baisers. Elle en caressa doucement l'extrémité, puis, avide de le sentir enfin en elle, Sia se replaça au-dessus de lui. Elle entrouvrit les paupières et découvrit son regard voilé posé sur elle. Alors, avec douceur, elle mit fin à leur baiser, pour mieux savourer l'instant magique où elle le prenait enfin en elle. Sans le quitter du regard, elle s'abaissa lentement sur son membre, enivrée par l'emprise qu'il exerçait de toute évidence sur lui-même afin de lui laisser le contrôle. Ses pupilles dilatées transformaient ses yeux en deux lacs sombres.

Quand elle sentit son sexe la pénétrer entièrement, Sia laissa échapper un long gémissement d'extase, affolée par la sensualité de leur union. Les pans soyeux de sa jupe cachaient leurs corps unis, ajoutant un plaisir légèrement pervers à l'idée que leur conduite indécente était ainsi masquée.

Il ne lui fallut pas longtemps, à ce degré extrême d'excitation, pour perdre le contrôle. Les yeux clos, elle s'enivra de la connexion intense qui les liait l'un à l'autre. D'un bras, il la maintenait, embrassant à peine bouche ses seins offerts à ses baisers, tandis que son autre main trouvait le point si sensible entre ses jambes. Le plaisir monta en elle, implacable, et elle voulut ouvrir la bouche pour le supplier de lui laisser encore un peu de temps, juste pour qu'elle parvienne à capturer l'exquise sensation de cet instant. Mais alors, il vint en elle plus fort, et des étoiles explosèrent sous ses paupières. Dépassée par une extase d'une violence incroyable, Sia s'abandonna entièrement.

Et, dans cette seconde magique, elle sut qu'elle irait jusqu'au bout avec lui, qu'elle ne reculerait pas devant la fin annoncée parce que, quelle que soit la nature de ce qui existait entre eux, c'était trop exceptionnel pour qu'elle laisse la peur l'en détourner.

10.

Premier enquêteur : Au cours de ce séjour à Sienne, plutôt que de chercher le tableau, vous avez décidé de faire le tour des musées.

Miss Keating : Ce n'était pas à Sienne mais à Florence que j'ai fait mes visites d'art.

Second enquêteur : [dans un murmure] Est-ce que vous avez vu David ?

— Tu es sérieusement en train de me dire qu'entre le musée des Offices et la galerie de l'Académie, de tout ce que nous avons vu, ton œuvre préférée est *Les Portes du Paradis* du baptistère Saint-Jean ? s'exclama Sebastian avec toute la feinte horreur requise pour l'occasion.

— Garde les yeux sur la route, Mister, répliqua-t-elle.

— Pour toi, c'est « Vôtre Grâce », plaisanta-t-il en conduisant sur la route qui les ramenait à son domaine.

Le soir où il avait fait apporter le Gentileschi, il avait bien cru la voir partir. Mais la passion qu'ils avaient partagée au pied de l'œuvre dépassait tout ce qu'il avait connu. Sia s'était entièrement abandonnée à lui, sans réserve, sans méfiance, et il avait été subjugué. Depuis, quelque chose, au fond de lui, s'était mis à espérer.

— On ne pourrait pas y retourner ?

— Maintenant ? Tu as oublié quelque chose ?

— Non, non, je veux juste revoir encore ces merveilles. Et ces spaghettis… Sérieusement, Sebastian, j'en ai l'eau à la bouche. Peut-être que demain nous pourrions…

— Je suis à tes ordres, ma belle.

— Super ! Nous devrions nous lever vraiment tôt, j'aimerais éviter les touristes.

Sebastian partit d'un rire joyeux.

— Nous *sommes* des touristes, se moqua-t-il, ce qui lui valut une tape sur le bras.

— En tout cas, nous pouvons retourner à Florence si cela t'a plu. Nous pourrions aller au Ponte Vecchio, dîner de l'autre côté de l'Arno et continuer…

Il s'interrompit en sentant son téléphone vibrer. À la sonnerie qui retentit, il sut que c'était sa sœur.

— Désolé, c'est Maria, je dois répondre.

Bon sang, où était cette maudite oreillette ? Inquiet pour le bébé, il sut qu'il était dangereux de répondre à cet appel en conduisant. Heureusement, une aire de repos sur le bord de la route apparut, et il freina brusquement.

— *Estás bien* ? lança-t-il en sortant de la voiture.

De l'extérieur, sa réaction pouvait paraître excessive, mais il *savait* que ce n'était pas un simple appel de politesse.

— Oui, je vais bien, répondit la voix posée de Maria, comme si elle s'attendait à une telle réaction. Je vais tout à fait bien, et tu dois t'en convaincre en dépit de ce que je vais t'annoncer.

Sebastian prit une brusque inspiration.

— J'ai quitté Matthieu.

— Que s'est-il passé ? gronda-t-il, déjà furieux.

— Ce n'est pas important, mais je voulais te prévenir avant que tu l'apprennes par quelqu'un d'autre. J'ai trouvé une maison en Ombrie, à deux heures de route de chez toi…

— J'arrive.

— Non, Sebastian, je ne veux pas que tu viennes.

— Je m'en moque, je viens quand même.

— Pas si je ne te donne pas l'adresse.

— Maria, tu sais comme moi que je peux trouver ton adresse en un quart d'heure !

— Mais tu ne le feras pas, parce que tu es mon frère et que tu respecteras mon vœu.

— Je vais le tuer, promit-il, les dents serrées.

— Non, même si je dois admettre avoir considéré cette option un quart de seconde. Il est le père de mon enfant.

— Rentre à la maison, Maria, pria-t-il, sans espoir.

— Sebastian, c'est *ta* maison, il est temps que j'en trouve une à moi.

Après encore cinq minutes à le rassurer, Maria mit fin à la conversation.

— *Te amo, hermano.*

— *Te amo, hermana*, souffla-t-il en retour.

Il fixa sans les voir les collines avoisinantes, les doigts serrés sur le portable.

— Tu vas bien ? demanda Sia depuis la voiture.

— Non. Et je n'irai pas bien tant que je n'aurai pas trouvé Montcour pour le faire payer ! lâcha-t-il.

— Tu réagis souvent comme ça ?

— *Qué* ?

— Je ne te connais pas suffisamment pour savoir si tu as habituellement ce genre de réaction aux mauvaises nouvelles ou si c'est particulièrement extrême, mais je ne suis pas fan.

— Si tu n'aimes pas…, cracha-t-il avant de se reprendre.

— Ce n'est pas la question, répliqua-t-elle d'une voix parfaitement maîtrisée. Tu commences à me faire peur.

Ces mots lui firent l'effet d'une douche froide, et il parvint à contrôler l'adrénaline qui courait dans ses veines. Il jeta un regard dur dans sa direction, intérieurement alarmé de l'avoir effrayée. Comme si elle avait senti son inquiétude, elle retira ses lunettes de soleil, et la compassion qu'il lut dans ses yeux, bien plus que la peur, le toucha en plein cœur.

— Est-ce que ta sœur va bien ?

— Non. Elle en est à huit mois de grossesse, elle est seule et si quoi que ce soit lui arrive…

— Est-elle en danger ?

Il s'obligea à prendre une inspiration.

— Non.

Sia se pencha en travers du volant et lui ouvrit la portière côté conducteur, l'invitant à remonter.

— Et ton père ? s'enquit-elle.

— Eh bien, quoi ?

— Il peut l'aider ?

Le rire amer qui lui échappa était une réponse suffisante.

— Eduardo est la définition même de l'absence dans la vie de Maria. Je doute qu'il change aujourd'hui.

Sans un mot, elle s'adossa à son siège, exprimant ainsi qu'elle attendait ses explications. La plupart de leurs échanges débutaient désormais dans ces silences complices, où ils se comprenaient sans parole.

— Que Maria vienne vivre avec moi était l'une des conditions pour que j'achète leur domaine de Rimini, expliqua-t-il. Elle avait huit ans.

Sia hocha la tête comme si elle commençait à mieux comprendre la violence de sa réaction.

— C'était le seul moyen que j'avais de la protéger. Avant même sa ruine, mon père s'était détourné d'elle. Maria est l'exacte réplique de ma mère, et Eduardo ne supportait tout simplement pas de se voir sans cesse rappeler sa femme. Parce que, en dépit de ce qu'il est devenu après sa mort, je ne pourrai jamais nier que mon père l'a aimée de toutes ses forces. Même si ce n'était pas intentionnel, je ne pouvais plus accepter de le regarder briser peu à peu le cœur de ma sœur, elle qui avait tellement besoin d'un père.

Sia avait le cœur serré en songeant à Maria, d'autant qu'elle savait fort bien ce que l'on ressentait en étant abandonnée par son propre père. Heureusement que Maria avait eu un frère aimant et attentionné. Elle souffrait aussi pour Sebastian, qui avait dû prendre le rôle d'un parent si jeune pour sa sœur et pour lui-même. Elle avait vu qu'il était prêt à tout pour protéger ceux qu'il aimait et ceux qui dépendaient de lui pendant son séjour dans son hôtel. Elle l'avait vu au cours de ces derniers jours dans la façon dont il prenait soin d'elle à tout instant. Il était toujours prêt à se plier à ses désirs.

Néanmoins, il était également évident qu'il était prisonnier d'un passé qui l'avait enfermé dans la colère et le ressentiment. Or, Sia ne voyait qu'un seul moyen de le libérer de cette emprise détestable : le faire changer de point de vue sur sa propre histoire. Le risque de le blesser était bien réel, néanmoins le gain surpassait largement ce risque si son plan fonctionnait.

— Je suis désolée que ton père n'ait pas été capable d'agir en parent responsable. Tu n'aurais jamais dû avoir à supporter une telle charge. Comme tu as fait tout ce qu'il ne faisait pas, il n'avait plus vraiment *besoin* de le faire, tu ne crois pas ?

Sia se prépara à sa réaction.

— Donc, d'après toi, j'aurais dû rester inerte pendant que tout s'écroulait autour de nous ? lâcha-t-il durement.

— Non, bien sûr que non. Il ne s'agit pas de ce qui aurait dû ou pu être fait. Tu as pris les choses en main et, pendant que ton père profitait d'un toit confortable avec sa femme, tu as bâti un empire qui vaut des millions. Ce qui ne serait sans doute pas arrivé s'il avait mieux géré son deuil et s'était occupé de vous. Ce que j'essaye de dire, c'est que, plutôt que de rester concentré sur ce qui aurait *dû* se passer, tu pourrais mesurer les choses incroyables qui ont résulté de ce qui s'est réellement passé…

Sebastian retint les mots furieux qui lui montaient naturellement aux lèvres. Intérieurement, il avait conscience de la justesse de son analyse. Il avait passé tant de temps à calculer ce que cela lui avait coûté de prendre la place d'Eduardo, sans jamais mesurer ce qu'il avait gagné au passage. Non pas la fortune financière, mais la sécurité émotionnelle et physique pour sa sœur, pour son père et Valeria, et même pour lui. En outre, son investissement dans sa compagnie lui avait permis de se faire des amis solides, comme Theo, ou de développer d'excellentes relations avec son personnel. Toutes ces nuits sans sommeil et ces années d'angoisse l'avaient amené jusqu'ici, à un moment de sa vie où il était pleinement libre de ses choix.

La sensation d'accomplissement et de fierté qui l'emplit à mesure qu'il y réfléchissait apaisa la rancœur qu'il nourrissait à l'égard du passé. Pas entièrement, bien sûr, mais Sebastian pouvait sentir son âme commencer à guérir. Il tourna le regard vers Sia, sagement assise à côté de lui, et se retint de faire quoi que ce soit qui risquait de les faire arrêter pour indécence. Comme si elle avait senti le tour qu'avaient pris ses pensées, elle lui adressa un sourire coquin.

— Je ne te voyais pas comme une éternelle optimiste, dit-il gentiment.

— Oh ! je le suis ! Raison pour laquelle je sais que je finirai bien par mettre la main sur ce tableau, plaisanta-t-elle.

Avait-elle conscience que c'était la première fois qu'elle parlait du Durrántez sur le ton de la plaisanterie ? Tout en gardant les mains fermement serrées sur le volant, il posa un baiser sonore sur ses lèvres avant de relancer le moteur. Maintenant qu'il y réfléchissait, il se rendait compte qu'elle ne lui avait plus posé la question quotidienne à laquelle elle avait droit depuis la nuit de leur malentendu. Était-ce parce qu'elle ne recherchait plus de preuve du vol ? Et, dans ce cas, était-ce une bonne chose ? Il n'aurait su le dire.

L'essentiel était que Sia venait de lui offrir un nouveau point de vue sur son passé. Il comprenait enfin que le problème n'était pas qu'il ne *veuille* pas d'un avenir avec des responsabilités familiales, mais bien que les épreuves qu'il avait traversées l'avaient convaincu qu'il ne *pourrait* plus jamais avoir une telle perspective. Sia avait changé cela aussi : avec elle, il en avait envie, il s'en croyait capable.

Comme il se garait devant les marches du perron, Sia n'attendit même pas l'arrêt pour bondir hors du véhicule en déclarant :

— Je vais me dégourdir les jambes avant le dîner !

— Ce n'est pas la direction des jardins, se moqua-t-il en sachant parfaitement qu'elle allait directement vers la salle d'exposition.

Sebastian n'avait pas vu son sourire s'évanouir et son visage s'affaisser tandis qu'elle écoutait le message laissé sur son répondeur vocal :

« Miss Keating, Je travaille pour Bonnaire. Nous tentons vainement de vous joindre depuis plus d'une semaine. Nous avons quelques questions à vous poser et nous aimerions convenir d'un rendez-vous avec nos équipes d'enquêteurs, particulièrement en raison de la… compagnie qui est la vôtre depuis votre suspension. Nous attendons votre appel au plus tôt. »

Les doigts tremblants, Sia effaça tous les messages avant d'éteindre son téléphone. Ils l'avaient suspendue pour un mois, et elle n'était pas partie depuis quinze jours. Il ne lui restait que cinq jours à partager avec Sebastian sur les quatorze qu'il lui avait accordés. Hélas, elle ne pourrait plus se cacher ici bien longtemps.

Sia avait passé une chemise de Sebastian et un vieux jean trouvé dans sa valise. Pieds nus, elle marcha jusqu'à la table du jardin, chargée de viennoiseries et de fruits. La moitié d'un croissant et une tasse de café à demi pleine restaient là où Sebastian avait dû avaler son petit déjeuner en quatrième vitesse avant de partir rejoindre Maria une heure plus tôt. Elle s'installa et parcourut paresseusement le journal anglais posé sur la table.

Sa tasse resta figée en l'air quand son regard se posa sur une large photo en noir et blanc au centre de la deuxième page. Dessus, un couple apparaissait, l'homme levait une main comme pour protéger la femme des journalistes. Mais ce fut la femme qui attira son attention. Sia la reconnut aussitôt.

L'héritière Abrani épouse un milliardaire.

En dépit du scandale récent concernant sa tentative de vente d'un faux Durrántez, l'avenir semble s'éclairer pour le cheikh Abrani dont la plus jeune fille, Aliah, vient de surprendre le monde entier par un mariage secret.

Des rumeurs concernant une grossesse restent encore à confirmer… Nous attendons prochainement une annonce de la famille royale.

La fille d'Abrani ? Mariée ? Il y avait onze jours, elle était en train de siroter du champagne avec Sebastian dans un des clubs les plus sélects de Londres. Qu'avait-il dit à propos d'elle ? Une vieille amie de la famille…

Comment n'y avait-elle pas pensé plus tôt ? La fille du cheikh était la complice parfaite ! Ne lui avait-il pas parlé des défauts du cheikh et du fait que sa fille était heureuse qu'il l'ait perdue au jeu ? Depuis le début, elle ne se concentrait que sur Sebastian sans penser à ceux qui auraient pu l'aider !

À commencer par l'artiste qui avait dû créer la contrefaçon. En esprit, Sia se projeta dans le labo de David, quand elle avait visionné la vidéo de surveillance. Elle se concentra en pensée sur la toile abîmée, sur les traits de pinceaux que le vin laissait deviner. Ces aplats, cette technique… Son esprit passa à une autre toile, entièrement différente, et pourtant… La technique était similaire… Astou Ndiaye, l'artiste sénégalaise qu'il avait choisie pour qu'elle décore son tout dernier hôtel !

Fébrile, elle tapa le nom de l'artiste sur son téléphone et tomba rapidement sur son site Internet. Comme elle faisait défiler les photos de ses œuvres, il n'y eut d'abord que des toiles abstraites, mais dans les publications anciennes elle finit par tomber sur des œuvres plus classiques - portraits, natures mortes… Le tout révélait une technique suffisamment puissante pour copier un Durrántez. Sia cliqua sur sa bio et frémit en découvrant que l'artiste avait dû quitter le Sénégal pour la France lorsque sa mère avait fait faillite. La date de ce départ coïncidait avec le moment où Eduardo avait été ruiné.

Une vague de fureur l'emplit comme si approcher de la vérité menaçait de la faire sombrer. Elle en arrivait presque à ne pas vouloir chercher davantage d'informations parce que, si ce qu'elle soupçonnait était vrai, cela pourrait la briser.

Elle prit une inspiration pour se donner du courage et chercha cette fois le nom *Sabbatino.* Aussitôt, les titres racoleurs de la presse à scandale se multiplièrent sur son écran. Elle les ignora pour se concentrer sur les images. Il ne lui fallut pas longtemps pour trouver ce qu'elle cherchait : les deux frères italiens posant avec leur sourire de tombeur sur leur yacht. D'après leur réseau social, ils étaient en ce moment même en croisière dans la mer des Caraïbes.

La gorge nouée, Sia posa le téléphone avant d'en voir davantage. Elle savait depuis le début que Sebastian avait orchestré le vol du tableau, mais elle s'était aussi stupidement imaginé qu'il respecterait au moins sa promesse de ne pas lui mentir. Il était certes un voleur, mais elle l'avait cru sincère. Quelle idiote ! Après tout, c'était sa propre stupidité qui l'avait aveuglée. Rien ne lui avait été caché : elle l'avait vu avec Aliah Abrani au Victoriana, elle avait vu les œuvres d'Astou Ndiaye dans l'hôtel et les frères Sabbatino présents au vernissage…

Sia se sentit submergée par une vague de souffrance brutale. Non par ce plan qui avait été organisé avant même qu'elle s'intéresse à Sebastian, mais par le fait qu'il l'avait mené à bien sous ses yeux en n'imaginant pas un instant qu'elle puisse être un obstacle. Était-il à ce point cruel ? Tout cela n'avait-il été qu'un mensonge ?

La dernière fois qu'elle l'avait interrogé, elle s'était laissé prendre par le récit de ses malheurs. Cette fois, elle ne pourrait plus ignorer la vérité qu'il lui faudrait regarder en face.

Sebastian rentra en fin de journée. Il se sentait mieux qu'il ne l'avait été depuis un bon moment. Maria et lui avaient discuté presque toute la journée, et il avait été surpris de découvrir à quel point elle était forte. Blessée, certes, mais déterminée à se forger un avenir qui rende son enfant fier. Pour la première fois, il ne l'avait plus vue comme sa petite sœur mais comme une adulte, une femme, une mère.

Il monta les marches quatre à quatre, pressé et heureux de retrouver Sia. Il avait parlé d'elle à Maria, bien sûr sans mentionner le Durrántez, mais en expliquant qu'il voyait désormais les choses différemment. Et qu'il devait ce changement à Sia. Il avait envie de la rejoindre pour la remercier de parvenir à l'apaiser de la sorte.

Dans son enthousiasme, il lui fallut plusieurs minutes pour

réaliser que la maison était plongée dans le noir. Une coupure de courant ? Non, il perçut une lueur en provenance du salon. Il avança et s'arrêta un moment dans l'encadrement, juste pour le plaisir de la contempler. Les jambes repliées sous elle, elle avait le visage posé dans la main et tourné vers la fenêtre. Jamais il n'avait rien vu d'aussi beau que cette femme. Son ensemble *casual* gris n'aurait pas dû la rendre aussi éclatante, et pourtant ses boucles lui semblaient avoir plus d'éclat encore que d'habitude. Elle le faisait plus que jamais penser à l'une de ces figures impériales de la Renaissance.

Soudain, elle tourna le visage vers lui, et la tristesse qu'il lut dans ses yeux lui coupa le souffle.

— Que s'est-il passé ? Qu'y a-t-il ? s'enquit-il aussitôt, alarmé.

Elle ignora sa question et demanda :

— Maria allait-elle bien ?

— Oui. Elle veut te rencontrer.

Elle se détourna vers la fenêtre en secouant la tête.

— Je ne suis pas sûre que ce soit une bonne idée.

Son ventre se serra, et il eut la nausée.

— Pourquoi ?

— Je dois rentrer à Londres, dit-elle en tapotant son téléphone contre son genou.

— Pourquoi ? Qu'y a-t-il ?

Plutôt que de lui répondre, elle désigna le journal posé sur la table près d'elle. Sebastian blêmit en lisant le titre.

— Savais-tu que les frères Sabbatino avaient un yacht ? Et que leurs parents, comme ceux de Ndiaye, avaient été impactés par la même affaire qui a causé l'exil de ta famille ?

Il aurait pu répondre de bien des façons, mais sa gorge serrée lui permit seulement de lâcher entre ses mâchoires qu'il savait.

— Tu as répondu sans demander d'abord si c'était « ma » question ? Parce que ça ne l'était pas. Pas encore…

La colère se mêlait en lui à une peur atroce.

— Je pensais que nous en avions fini avec ce petit jeu, Sia.

— Ce n'était pas un jeu, Sebastian. C'était mon travail. Ma réputation. Ma carrière.

Il se sentit pâlir devant la froideur désincarnée de sa voix.

— Je peux te trouver un autre travail.

— Cette réponse prouve que tu ne mesures pas ce que j'ai perdu.

— Ne me parle pas de perte ! Ma famille a tout perdu - foyer, argent, réputation.

— Et c'est exactement le prix que tu me fais payer pour obtenir ta vengeance ! T'en préoccupes-tu seulement ?

— Bien sûr que oui ! Comment peux-tu poser la question ?

Elle haussa les épaules, comme indifférente.

— Parce que, depuis le début, tu me montres sans cesse deux faces contradictoires. Le grand patron qui organise une soirée pour son personnel. Le voleur qui fait tout pour protéger ses associés. Le frère qui s'est comporté en père pour sa sœur ou encore le play-boy qui est presque parvenu à me faire tomber amoureuse. Je ne sais pas qui tu es…

Sa voix se brisa, et il vit une larme rouler sur sa joue, partagé entre une joie brutale à l'idée qu'elle puisse l'aimer et un désespoir sans fond en mesurant sa tristesse et ce qu'il avait sans doute définitivement perdu. Brusquement, elle se redressa et marcha jusqu'à lui, les yeux brillants.

— Comment peux-tu affirmer te soucier de mon sort et me mettre sous le nez toutes tes manigances ?

Sebastian frémit en entendant la souffrance dans sa voix. Il mesurait trop tard que ce qu'il possédait de plus précieux, ce n'étaient pas les millions dans sa salle d'art, mais cette femme qui lui échappait.

— Tu n'étais pas censée être là, insista-t-il. C'était Sean Johnson qui devait faire l'expertise !

— Mais j'étais là… Donc voici ma question, celle à laquelle tu as promis de répondre sincèrement… Est-ce que ça en valait la peine ?

Son regard le transperça, et il vacilla. En proie à une terreur qu'il n'avait jamais connue, il fit ce que son instinct lui dictait et la prit dans ses bras. L'espace d'un instant béni, elle se laissa aller… avant de le repousser.

— Réponds. Est-ce que le vol et ses conséquences en valaient la peine ?

— Oui, mais pas à cause du tableau.

Sia sentit son cœur se briser comme elle s'y était préparée.

— Je t'en prie, écoute-moi. Cela en valait la peine parce que tu es entrée dans ma vie.

— Et tu espères me faire croire ça ? s'exclama-t-elle, brisée.

— C'est la vérité ! Tu as tout changé pour moi. Tu dois me faire confiance.

— Je ne peux pas ! Tout cela n'était qu'un jeu pour toi ! Une escroquerie bien montée. Quand est-ce que cela finit ? Comment savoir si tu tiens vraiment à moi ou si tu essayes seulement de t'en tirer ?

— Sia, je tiens tellement à toi que je suis prêt à tout laisser tomber pour toi, et ça me terrifie ! Tout ce que j'ai risqué, tout ce que les autres ont risqué… J'abandonnerai tout dans la seconde sur un seul mot de toi. Seulement, tu ne le demanderas pas parce que tu as aussi peur que moi ! lâcha-t-il d'un ton accusateur.

— Je n'ai pas peur de toi, se récria-t-elle.

— C'est de toi-même que tu as peur. Tu es terrifiée à l'idée d'obtenir ce que tu veux. Tant que tu n'auras pas accepté ce que tu veux vraiment et que tu n'auras pas cherché à l'atteindre, tu ne cesseras pas d'avoir peur.

— Et je suppose que tu crois que ce que je veux, c'est toi ? fit-elle en tentant de rire, sans succès. C'est ce que je suis censée comprendre ? Je suis tellement inquiète de tomber dans l'hystérie passionnelle de ma mère que j'aurais laissé passer le sentiment véritable que nous partageons ?

Tandis qu'elle fixait sur lui un regard sans concession, Sia sentit une lucidité extraordinaire descendre en elle.

— Ta plus grande escroquerie, tu te l'infliges à toi-même, Sebastian. Parce que ce n'est pas moi qui suis incapable d'avoir confiance en moi et en mes désirs.

Ses yeux lui lancèrent un avertissement qu'elle choisit sciemment d'ignorer. Elle avait trop mal pour s'en préoccuper.

— Tu affirmes que je n'aurais qu'à demander pour que tu

me donnes ce tableau, mais c'est faux. Tu ne le ferais qu'à la condition que je me rende entièrement à toi, admets-le !

— Non, ce n'est pas…

— N'est-ce pas exactement ce que tu demandes ? M'entendre dire que je t'aime ? Que je vais quitter Bonnaire, ma carrière, Londres, pour vivre à tes crochets ? Pour te suivre dans le monde entier pendant que tu fais la tournée de ton empire ?

— Est-ce que ce serait si terrible ? s'enquit-il faiblement, entre supplique et tentative d'humour.

— Oui, si tu ne fais que jouer un jeu pour t'en sortir sans affronter les conséquences de tes actes, ça l'est. Et si je demandais la même chose de toi ?

— Que veux-tu dire ?

— Si je te demandais la peinture, si je te demandais de t'abandonner, toi ? Avant moi ? Le ferais-tu ?

Il soutint son regard, mais son silence était limpide.

— Tu ne peux pas me donner le tableau tant que je ne te dis pas que je t'aime, murmura-t-elle d'une voix brisée.

— Et tu ne peux pas me le dire tant que je ne t'aurai pas donné cette maudite peinture, répondit-il d'une voix basse chargée de la même douleur.

Tandis que l'insupportable vérité se faisait jour en elle, Sia sentit son cœur batailler de toutes ses forces contre sa raison.

— Je dois y aller, dit-elle à mi-voix, le cœur à l'agonie.

Il hocha la tête sans retirer la main qui la maintenait par la taille. Comme s'ils ne pouvaient lutter contre leur attirance, leurs lèvres se trouvèrent, et Sia s'ouvrit pour lui. Elle accueillit son baiser en sachant qu'elle ne serait plus jamais la même. Elle imprima dans son esprit la sensation de son corps contre le sien, sa saveur merveilleuse, son parfum enivrant. Elle se laissa entièrement aller à la passion qui l'envahissait tout en lui faisant ses adieux muets.

Enfin, leur baiser prit fin et, sans un regard en arrière, Sia prit sa valise et sortit de sa vie.

11.

Sebastian se frotta le torse, là où une douleur continue avait élu résidence depuis le départ de Sia. Il n'y avait rien à faire pour la voir disparaître. En revanche, son mal de crâne nécessitait soit une boîte de paracétamol, soit encore un peu plus d'alcool. Il n'hésitait pas vraiment… La seconde option avait au moins le mérite de limiter les fragments de sa conversation avec Sia qui parvenaient jusqu'à sa conscience pour le hanter.

Une fois de plus, il tourna la tête de côté pour lui parler, s'attendant à la trouver assise près de lui. Il avait la sensation que, sans elle, sa vie était désespérément insignifiante.

Sia lui avait montré qu'il passait bien trop de temps à satisfaire ses caprices comme un enfant gâté. Certes, il avait dû travailler dur pour protéger sa famille, néanmoins personne ne l'avait forcé à adopter cette position. Il l'avait prise de lui-même. Et il le referait… Elle avait été la seule à le défier de la sorte. Il avait voulu l'impressionner, alors que d'ordinaire c'était plutôt l'inverse dans ses relations amoureuses, les femmes qu'il fréquentait recherchaient sa richesse ou sa célébrité. Pas elle. Elle l'avait désiré *malgré* son aversion initiale pour lui. Ce faisant, il s'était vu à travers son regard, ce qui l'avait incité à sortir de son hédonisme égoïste et lui avait rappelé qu'il y avait plus que le plaisir futile pour emplir une existence… *Elle*. La femme qu'il aimait.

— Tu as vraiment frappé Montcour ? s'enquit Theo en le rejoignant dans le jardin.

— Peut-être bien. Mes souvenirs sont un peu flous.

Theo vint se placer devant lui, l'air agacé et déçu.

— Et tu ne m'as même pas prévenu pour que j'assiste au spectacle ! Tu regrettes ?

— Il a brisé le cœur de ma sœur ! Bien sûr que non, je ne regrette pas ! Et puis, ils se sont réconciliés depuis. Montcour s'en remettra. Si je suis honnête, il me semble qu'il m'a laissé faire.

— Il t'a laissé le frapper ?

— Je crois bien, marmonna Sebastian en servant un verre de whisky à son ami avant de boire à même le goulot. Bois ! Tu as du boulot pour me rattraper.

Theo avala une bonne rasade.

— Avant qu'on soit inconscients, je peux le voir ?

À contrecœur, Sebastian se leva et conduisit son ami jusque dans le salon où la toile trônait au-dessus du manteau de la cheminée, comme un pied de nez du destin.

— Seigneur ! Elle ressemble tellement à Maria.

Il hocha la tête.

— Les femmes de ta famille sont superbes.

Devant son regard noir, Theo leva les mains en riant.

— Hé, je suis heureux en mariage, ne me regarde pas comme ça ! Alors, combien vaut-il ?

— *Dios mios*, pas toi aussi !

— OK, cette fois, je ne comprends vraiment pas ce qui me vaut ta colère.

— C'est une longue histoire, grogna-t-il.

— Alors autant t'y mettre tout de suite pendant que je comprends à peu près ce que tu racontes.

Le temps qu'il achève son récit, le soleil s'était couché.

— Et alors ? Tu as confiance en elle ?

— Ce n'est pas aussi simple, répondit Sebastian, agacé.

— Donc, c'est non…

— Non, j'ai confiance en elle ! C'est juste que… j'ai passé tellement d'années à ne pouvoir compter que sur moi…

Theo se racla exagérément la gorge, et Sebastian leva son verre pour lui rendre hommage.

— *La plupart du temps*, j'ai dû compter uniquement sur moi, corrigea-t-il. Quand mon père a trahi la confiance absolue que j'avais placée en lui comme n'importe quel enfant le ferait, je crois qu'il a brisé quelque chose en moi.

Il dut serrer les mâchoires pour contenir l'émotion que cet aveu déclenchait en lui.

— L'idée d'être à nouveau dépendant de cette façon… De qui que ce soit… Je ne suis pas sûr d'en être encore capable.

— Eh bien, j'imagine qu'il ne te reste qu'à peser le pour et le contre. Ce que tu endures maintenant contre ce que tu *pourrais* endurer à l'avenir *si* ça ne fonctionnait pas…

— Je ne…

Il allait nier qu'il souffrait quand une petite voix le rappela à l'ordre : « *La passion, c'est accepter de souffrir pour ce que l'on veut.* » Voilà les mots qu'il avait lui-même prononcés. Au lieu de quoi, il n'avait fait que repousser cette souffrance. Il avait nié ce qu'il voulait réellement : non pas la vengeance, mais Sia.

Il laissa son visage tomber entre ses mains, empli d'une douloureuse frustration. Quel imbécile ! Il s'était comporté comme un sombre crétin !

— Je vois, déclara Theo d'un ton paternaliste.

— Depuis quand es-tu aussi suffisant, toi ?

— Depuis que je suis passé par là, répondit son ami avec un haussement d'épaules. Tu as un plan ?

— Je crois que oui, souffla Sebastian en levant le regard vers le tableau par lequel tout avait commencé.

Sia gardait les yeux fixés sur son plafond grisâtre. Depuis son retour, l'appartement lui paraissait affreusement étroit et sombre. Chaque minute, à présent, la rapprochait de son entretien avec Bonnaire. Elle tenta de saisir quelle émotion cette perspective éveillait en elle… Rien. Strictement rien. Elle était comme engourdie par la douleur qui s'était installée au creux de son ventre et l'empêchait d'avaler plus de quelques bouchées par jour.

Sebastian lui manquait terriblement. Dès qu'elle fermait les yeux, elle voyait son sourire s'attarder derrière ses paupières ou bien le regard qu'il posait sur elle quand il croyait qu'elle ne le voyait pas. Elle sentait encore le contact de ses doigts, de sa peau, de sa bouche sur elle, et chaque souvenir lui était une agonie. Elle avait tellement pleuré ces derniers jours que ses yeux étaient constamment enflés, et son cœur était à bout de forces.

Elle s'était donné quarante-huit heures pour pleurer sur son sort. Deux jours à se demander pourquoi elle n'avait pas tout simplement admis qu'elle l'aimait, puis à se rappeler que, contrairement à sa mère, elle voulait plus qu'aimer, elle *méritait* plus. Elle voulait être aimée en retour.

Elle voulait l'aimer sans pour autant se soumettre. Non, c'était injuste pour lui, Sebastian n'avait jamais cherché à la dominer. Seulement, il y aurait toujours eu le tableau entre eux, comme une question sans réponse.

Pendant ces deux jours, elle avait longuement réfléchi à ce qu'il avait affirmé : qu'elle avait peur d'assumer ses désirs, et force lui avait été d'admettre qu'il avait raison. Elle avait passé tant de temps à être reconnaissante sans raison. Envers son employeur qui la tolérait tout juste, envers son propriétaire qui lui faisait payer une fortune ce studio minable… Même si Bonnaire souhaitait la garder, voulait-elle rester ?

Pendant des heures, elle avait noirci du papier avec des esquisses inachevées pour s'aider à réfléchir. Même endettée comme elle l'était, elle avait d'autres options. Peut-être se mettre à mi-temps et reprendre un stage ailleurs ? Trouver un atelier à partager ? Déménager serait la première chose à faire. Ensuite, elle aviserait.

Enfin, l'alarme de son réveil retentit, et elle s'obligea à rejoindre la douche. Une demi-heure plus tard, elle était prête, vêtue de l'une des superbes robes estivales que Sebastian lui avait offertes. Le cœur toujours lourd, mais déterminée à changer de vie, Sia sortit de son immeuble et faillit heurter un homme qui arrivait en sens inverse.

— Sia Keating ?

— Oui ?

— Puis-je voir votre pièce d'identité ?

— Et moi la vôtre ? rétorqua-t-elle.

Avec un sourire, l'homme se présenta comme Mike Newton et lui montra sa carte professionnelle avant de lui tendre la mallette qu'il tenait.

— Avec les compliments du duc.

Puis il disparut. Se pouvait-il… ? Non. Ses genoux menaçaient de la lâcher quand elle songeait à ce qui s'y trouvait peut-être. Non pas pour la fortune que cela représentait, ni pour ce qu'elle en ferait, mais pour ce que cela avait dû lui coûter de le lui donner. Cependant, elle n'eut pas le temps de vérifier son contenu, car elle aperçut la voiture envoyée par Bonnaire qui s'arrêtait devant chez elle. La tête haute et le cœur soudain terriblement léger, Sia rejoignit prestement le véhicule.

Une fois dans les locaux, elle fut amenée devant deux types à la mine patibulaire. Devant ces deux « enquêteurs », elle comprit qu'elle avait été convoquée pour un véritable interrogatoire. Elle aurait pu en rire, cependant, elle ne pouvait oublier ce qui se serait sûrement passé seulement deux semaines plus tôt… Terrorisée, affaiblie, elle aurait dit absolument tout ce qu'ils voulaient entendre. En cet instant, elle sentait la sourde menace qui pesait dans l'atmosphère. Cependant, cela ne l'effrayait pas, au contraire, cela la mettait en rage et décuplait son assurance.

Comme le plus grand type lui faisait signe de s'asseoir entre eux, elle déclina poliment l'invitation et choisit un autre siège, à l'écart et plus près de la porte.

— Miss Keating, vous comprenez que cette interview est enregistrée et ne sera utilisée qu'à des fins internes à Bonnaire, en conséquence, vous n'avez pas besoin d'un avocat.

— Je crains que cela ne me convainque pas franchement de me passer d'un avocat, répliqua-t-elle, légèrement enivrée par le pouvoir qu'elle sentait grandir en elle.

Peut-être était-ce l'effet qu'avait sur elle la mallette contenant l'équivalent de cent millions de livres à ses pieds. Ou, du moins, la possibilité que cette mallette lui laissait entrevoir…

Les deux hommes poursuivirent leurs questions et, plutôt que de faire marche arrière en affirmant qu'elle s'était trompée en authentifiant le Durrántez, elle se soumit volontiers à une force inconnue qui l'incitait à les défier. Le fait que Bonnaire tentait à tout prix de la faire mentir ne faisait que la pousser à dire la vérité. Certes, pas *toute* la vérité. Ce faisant, elle se mit à mieux comprendre comment Sebastian avait pu lui répondre avec une vérité partielle sans intention de la duper, mais pour protéger ses complices.

Il lui semblait étrange de faire le récit de sa folle aventure des derniers jours à deux inconnus. Mais, tandis qu'elle leur répondait avec le moins de détails possible, Sia ne pouvait nier la joie intense que le souvenir de ces moments passés avec Sebastian lui apportait. Elle peinait à refréner son sourire en repensant à leurs rires, à tous ces moments saturés d'émotions incroyables.

Alors, peu à peu, tandis que les questions se succédaient, Sia comprit que parmi les multiples façons dont cette histoire pouvait se terminer il n'y en avait qu'une qu'elle *voulait* vraiment.

— Donc, vous avez passé près de deux semaines en sa compagnie et, pendant tout ce temps, vous n'avez jamais vu la toile ?

— Non.

— Et vous ne savez pas où elle se trouve ?

— Non, répondit-elle sans avoir à mentir parce que, après tout, elle ne pouvait pas être certaine que le Durrántez se trouvait à ses pieds.

— Si vous la voyiez, vous…

— Laquelle ?

— Pardon ?

— De quelle toile parlons-nous exactement ? Si vous faites allusion à la contrefaçon, j'imagine qu'elle a été rendue au cheikh Abrani. Et vous ne pouvez certes pas parler de l'authentique tableau puisque, selon vous, il n'a jamais existé étant donné que je me serais trompée dans mon expertise.

Le plus gros des deux devint rouge brique.

— Toute autre option signifierait que la peinture a bel et bien été volée et remplacée par un faux alors qu'elle se trouvait sous la garde de Bonnaire. Ce qui, le cas échéant, ne pourrait signifier qu'une chose : Bonnaire était au courant, ce qui, au mieux, serait considéré comme de la corruption, et pourrait, au pire, mener à une enquête approfondie sur les pratiques criminelles d'une maison de ventes aux enchères aussi prestigieuse.

Sia conclut sa mise en garde avec un petit sourire plein de feinte innocence.

— Cela ressemble beaucoup à une menace, Miss Keating. Je vous conseille de ne pas laisser vos sentiments interférer dans cette histoire, sans quoi cela pourrait mal se terminer pour vous, déclara sombrement l'un des deux.

Cette fois-ci, elle ne chercha pas à restreindre sa colère et, pour la première fois, au lieu de tenter de s'y soustraire, elle la laissa l'envahir tout entière.

— Vous m'accusez d'être trop émotionnelle ? lâcha-t-elle entre ses dents. Eh bien, vous avez raison, je ressens tout un tas d'émotions en ce moment même, à commencer par la fureur et le désir de voir la justice s'accomplir ! Et tant d'autres qui ne font que me rendre meilleure. Les seuls qui pâtissent de mes émotions, parfaitement légitimes au demeurant, messieurs les *enquêteurs*, c'est vous.

Son ton cinglant les fit se tasser sur leurs sièges.

— Je vous remets donc ma démission, effective immédiatement. Bien entendu, vous me payerez mon dernier mois en dépit de ma suspension parce que vous savez comme moi que Bonnaire n'a aucune envie que j'aille voir la police. C'est plus qu'une menace, c'est une promesse. Sur ce, adieu, messieurs, conclut-elle en se levant. C'est la dernière fois que je vous vois. Croyez-moi, s'il devait y avoir une prochaine fois, c'est *vous* qui auriez besoin d'un avocat.

Le sang pulsait triomphalement dans ses veines quand elle marcha vers la sortie du bâtiment, le porte-documents fermement serré dans la main. Avant de rencontrer Sebastian, elle n'aurait jamais eu le courage de faire ça ! Elle n'aurait jamais soupçonné posséder un tel pouvoir ! Tout en elle lui disait qu'elle avait fait le bon choix. Ces pourris de Bonnaire voulaient tellement qu'elle les couvre, ils méritaient d'être mis face à leur propre malhonnêteté.

Elle courait presque en sortant dans la rue, déterminée à retrouver Sebastian au plus vite. Non parce qu'il lui avait révélé tant de choses sur elle-même, ni parce qu'il lui avait fait un présent inestimable, mais simplement parce qu'elle l'aimait. Elle le savait depuis des jours, seulement elle voulait qu'il le sache, lui aussi. Si elle vidait ses comptes, elle pourrait peut-être rejoindre Sienne et…

Elle se pétrifia devant le spectacle qui l'accueillit dans la rue. Garé de façon totalement illégale sur une ligne blanche, nonchalamment adossé à une nouvelle décapotable qu'elle ne connaissait pas, se trouvait Sebastian Rohan de Luen. Les mains dans les poches et une ombre de barbe sur les mâchoires, il était l'image même du play-boy. Et il était à elle.

Pendant un instant, elle se contenta de le dévorer des yeux. Elle se délecta de voir son regard s'illuminer quand il le posa sur elle, de le voir croiser les bras sur sa poitrine comme pour s'empêcher de la rejoindre et de la prendre dans ses bras. Un lent sourire monta à ses lèvres, un sourire de bonheur pur qui réchauffait son âme à mesure qu'il s'élargissait. Quand il le lui rendit, elle n'attendit plus et se rua dans ses bras. Elle prit sa bouche avec une possessivité sauvage avant de murmurer :

— Je t'aime.

— Mince ! Je voulais le dire en premier.

— Pas de chance.

— Eh bien, je n'aurai qu'à le dire plus que toi pour me rattraper. Je t'aime. Je t'aime. Je t'aime, répéta-t-il en ponctuant chaque mot doux d'un tendre baiser.

— Tout n'est pas un jeu, tu sais, plaisanta-t-elle, comme il la soulevait dans ses bras.

— Tu as toujours le tableau ? demanda-t-il, sans la quitter du regard.

Comme elle hochait la tête, il assura :

— Tu aurais pu le leur donner. Je veux que tu le saches, Sia.

Ces mots répandirent instantanément un baume apaisant sur les plaies qui lui restaient de leur dernière rencontre.

— Je me suis dit, en effet, que comme tu me l'avais laissée je n'avais pas besoin de ta permission, ironisa-t-elle.

— Absolument. C'est important que tu comprennes qu'elle est entièrement à toi et que tu peux en faire ce que bon te semble. Parce que tu es plus importante à mes yeux que ce tableau, Sia. Plus importante que tout le reste.

Son cœur s'emplit d'une joie émerveillée tandis qu'elle prenait la mesure de son geste. Un geste d'amour absolu, de confiance aveugle, qui avait dû lui coûter beaucoup émotionnellement. Elle se devait d'y répondre pour lui prouver qu'ils étaient égaux dans leurs sentiments.

— Je ne sais pas exactement de quel tableau tu parles... parce que je n'ai pas ouvert la mallette.

Il écarquilla les yeux comme si elle avait perdu la tête.

— Tu ne l'as pas encore ouverte ?

— C'était inutile, souffla-t-elle en prenant son visage dans ses mains. Que ce soit un Durrántez, un Monet ou un Pissarro, je t'aime et j'ai confiance en toi. Et je veux te remercier pour m'avoir montré que j'avais le droit d'être pleinement moi, d'être plus... plus courageuse, plus fantasque, plus brillante...

Tout en prononçant ces mots, elle sentit leur vérité s'inscrire profondément en elle.

— Vouloir plus, cela ne me rend ni égoïste ni mauvaise, cela me rend plus forte, et c'est toi qui me l'as appris. Une partie de la force que je sens en moi, aujourd'hui, je la dois à cet amour que j'ai pour toi.

Profondément ému, Sebastian prit sa main pour la poser sur son cœur afin qu'elle sente à quel point ses paroles résonnaient en lui.

— C'est à moi de te remercier, mon amour. Tu m'as montré comment faire la paix avec mon passé, comment être libre de me construire un avenir qui n'appartienne qu'à moi. Et cet avenir, je veux le construire avec toi. Je veux avoir des enfants et les élever avec toi, je veux être ton mari, ton amant et ton meilleur ami pour le reste de nos vies.

Ses magnifiques yeux brillaient de larmes de joie, et l'émotion lui serra la gorge avant qu'il reprenne :

— Je veux me disputer avec toi pour mieux me réconcilier, rire et pleurer avec toi. Je préférerais, certes, ne plus jouer de petits jeux avec toi… parce que je perdrais, ajouta-t-il, amusé. Mais, même ainsi, je serai le plus heureux des hommes. Avec toi.

Le regard d'amour et de bonheur qu'elle leva sur lui l'emplit d'humilité. Ignorant les passants, Sebastian sortit une petite boîte de sa poche et mit un genou à terre.

— Artemisia Henrietta Keating, me feras-tu l'immense honneur d'accepter d'être ma femme ?

— Oui, souffla-t-elle entre ses larmes.

Il se releva en un instant et l'embrassa avec toute la passion qui animait son âme.

— J'ai une condition, cependant, déclara-t-elle, un instant plus tard.

Tout en faisant le tour de la voiture pour rejoindre le siège conducteur, il leva les yeux au ciel.

— Monte dans la voiture, Sia.

— Tu ne veux pas d'abord entendre ma condition ?

— Ce que je veux, c'est te ramener à la maison pour te faire l'amour. Tu me parleras de tes conditions plus tard.

— Ce n'est pas bon pour les affaires d'accepter un contrat avant de…

Il la fit taire d'un baiser, parfaitement conscient qu'il ne saurait jamais rien lui refuser. Et, tandis qu'il quittait Goodge Street, sa future femme à ses côtés et son passé de voleur derrière lui, il sut qu'il avait déjà volé ce qu'il y avait de plus précieux : le cœur de Sia Keating.

Épilogue

— Maman ! Maman ! Jacob écrit encore sur les murs ! cria la plus jeune fille de Maria en rejoignant le jardin où tout le monde était rassemblé.

— C'est bon, ma chérie, tante Sia a mis du papier spécial pour que tout le monde puisse dessiner ce qu'il veut.

Sia sourit à la petite.

— Tu veux essayer, toi aussi ? proposa-t-elle en lui tendant un jeu de pinceaux.

— Merci ! s'exclama-t-elle, avant de repartir vers l'atelier qui avait été construit dans le jardin.

Sebastian l'avait dessiné et fait construire après qu'elle avait vaguement émis l'idée de revenir à la peinture. Chaque jour, elle lui était reconnaissante de son soutien sans faille. Elle avait repris des études pour se concentrer sur sa propre pratique artistique plutôt que d'étudier celle des autres. Peu à peu, elle s'était construit un public restreint mais fidèle qui lui convenait à merveille parce qu'il lui permettait de trouver un équilibre entre vie de famille et peinture.

— Je ne sais pas comment tu t'en sors avec trois garçons, soupira la reine Sofia de Iondorra.

— Ni moi comment tu fais pour gouverner un pays !

— Oh ! ça… Il y a plein de gens qui m'aident.

Soudain, Ella arriva en courant vers sa mère et, lui tirant le bras, chuchota très fort à l'oreille de Sofia :

— Dis, maman, pourquoi il y a une valise fermée accrochée au mur au-dessus de la cheminée ?

Sofia, Sia et Maria échangèrent un regard amusé.

— C'est un petit jeu auquel oncle Seb et tante Sia jouent.

— Ah bon ? C'est quoi le but ?

— De ne pas ouvrir la mallette, expliqua Sia.

— Ça n'a pas l'air très drôle, fit remarquer la fillette en fronçant les sourcils avant de repartir en courant.

— C'est effectivement bizarre, admit Sofia. Tu ne vas vraiment jamais l'ouvrir ?

— Je n'en ai pas besoin, assura Sia en riant.

— Donc vous allez laisser ce tableau à cent millions de livres accroché au mur dans sa mallette ?

— Moi, je trouve que c'est très romantique, intervint Maria.

— Vraiment ? Je n'ai jamais osé te poser la question…

— Je n'ai pas besoin de voir ce tableau, assura Maria avec un doux sourire. Il me suffit de savoir qu'il t'a menée jusqu'à Seb et jusqu'à nous. C'est tout ce qui compte.

Tant de choses avaient changé au cours des six dernières années… Bonnaire avait déposé le bilan après un scandale retentissant qui avait attiré l'attention d'Interpol et de Scotland Yard. Abrani avait été discrètement écarté du pouvoir au profit d'un nouveau leader qui se préoccupait enfin du peuple du Sharjarhere.

Quant à eux, ils avaient fait de la maison de Sienne leur foyer. Sebastian voyageait moins, car il avait développé un vignoble sur leurs terres de même qu'un partenariat avec un architecte local pour construire des habitats écologiques abordables dans la région. Il avait en effet pris conscience qu'il aimait particulièrement se pencher sur l'aspect écologique dans la construction de ses hôtels.

Sia sentit les lèvres de son mari se presser dans son cou et elle tourna le visage vers lui, impatiente de les sentir sur sa bouche.

— Matthieu nous invite à passer un moment chez lui le mois prochain. Je crois qu'il veut me demander conseil pour une affaire. Tu aimerais y aller ?

— Bien sûr, mais ce sera sûrement mon dernier voyage avant un moment, dit-elle en posant la main sur son ventre.

— Vraiment ? s'exclama-t-il, les yeux agrandis de plaisir.

— Sérieusement ? Quatre ? *Quatre* ? intervint Theo, qui avait surpris leur échange.

— Vous êtes pires que des lapins, plaisanta Maria.

— Tu peux parler ! rétorqua Sia alors que Matthieu approchait, un enfant accroché à chaque membre.

Les discussions se poursuivirent un long moment dans la chaude soirée d'été, et Sia ne put que s'émerveiller de la paix et de la joie qui l'emplissaient. Du coin de l'œil, elle surprit Maria qui prenait son frère dans ses bras. Comme Sebastian posait un regard adorateur sur elle, Sia sentit d'inexplicables frissons courir sur sa peau.

— Tu lui ressembles, souffla Maria. Pas physiquement, mais il y a quelque chose en toi…

— Je ressemble à qui ?

— À *Une femme amoureuse.*

Retrouvez prochainement,
dans votre collection

AZUR

Amoureuse d'un roi, de Maisey Yates - N°4367

Parce qu'elle a grandi au royaume de Liri, Tinley a le sens du devoir. Pourtant, le jour où le roi Alexius de Prospero se met en tête de lui trouver un époux convenable, pour honorer une promesse faite à son père, elle est désespérée. Certes, si elle n'est pas mariée avant son vingt-troisième anniversaire, elle devra renoncer à son héritage. Mais comment pourrait-elle se résoudre à une union de convenance avec un inconnu quand, depuis toujours, elle brûle de désir pour Alexius ?

Danse avec un cheikh, de Clare Connelly- N°4368

Un vent de rébellion souffle en Johara. Pour quelques heures, elle veut tout oublier : son statut de princesse, ses responsabilités et le mariage auquel elle doit se soumettre pour assurer la paix dans la région… C'est à l'occasion d'un bal que sa vie bascule, entre les bras d'un sublime inconnu. Après la nuit torride qui les unit, Johara découvre en effet avec stupeur que son amant mystérieux n'est autre que le cheikh Amir d'Ishkana, qui voue une haine farouche à sa famille. Dès lors, Johara n'a d'autre choix que de conclure une alliance avec son ennemi et, pour cela, de le suivre dans son palais du désert…

Inoubliable promesse, de Kali Anthony - N°4369

Elle a rompu sa promesse, il ne le lui a jamais pardonné. Autrefois, Eve et Gage se sont follement aimés, malgré la haine qui opposait leurs familles respectives. Pourtant, la nuit où tous deux avaient convenu de fuir pour se marier en secret, Eve est restée. Pire, soumise à un odieux chantage de la part de son père, elle a dû rejeter l'homme de sa vie… Depuis, leurs sociétés se livrent une guerre impitoyable, nourrie par le ressentiment de Gage. Et s'il a demandé à la revoir, sept ans après leur séparation dramatique, c'est pour lui annoncer qu'il a gagné la bataille. Eve perdra tout, à moins qu'elle ne répare ce qu'elle a autrefois brisé… en l'épousant !

L'épouse de Leon Petrakis, de Dani Collins - N°4370

Une liaison passionnée, un mariage éclair – puis la rupture, inévitable. Cinq ans plus tôt, Leon Petrakis est sorti de la vie de Tanja aussi vite qu'il y était entré, lui brisant le cœur au passage. Si depuis lors son époux ne lui a donné aucune nouvelle, il débarque soudain sur l'île d'Istuval, à son grand soulagement, pour la tirer de la situation périlleuse dans laquelle elle se trouve. À présent qu'ils sont réunis, Tanja exige de Leon qu'il joue enfin auprès d'elle son rôle de mari, du moins officiellement. Car, si le côtoyer de nouveau est une perspective qui la bouleverse, c'est à ce prix seulement qu'elle pourra adopter le bébé qu'elle aime déjà plus que tout au monde…

Une dangereuse héritière, de Maya Blake - N°4371

Parce qu'il est le dernier des Fiorenti, Maceo a une responsabilité : faire prospérer l'empire familial bâti par ses aînés dans le secteur de la confiserie. Hélas, alors que Casa di Fiorenti aurait dû lui revenir exclusivement, il découvre qu'une part de la société appartient désormais à Faye Bishop, une parfaite inconnue. Quelle est cette héritière qui menace brusquement ce à quoi il a consacré toute sa vie ? Déterminé à le découvrir, Maceo la convoque dans sa villa de Capri. Or cette rencontre ne fait qu'attiser sa méfiance. Car sous les dehors innocents de la belle, il en est sûr, se cache une croqueuse de diamants…

Fiancée à un milliardaire écossais, de Louise Fuller - N°4372

Rompre ses fiançailles avec Farlan Wilder est la décision la plus difficile que Lady Antonia ait jamais prise. Si elle a dû suivre les injonctions de sa famille, sa rupture avec le bel Écossais a laissé un grand vide en elle. Aussi, quand elle revoit Farlan après sept années de regrets et de solitude, Antonia se sent revivre. Hélas, s'il est de retour à Lamington Hall, le manoir familial, ce n'est pas pour renouer avec elle mais pour lui rappeler sa trahison. Plus encore, Farlan est là pour assouvir sa vengeance…

Rencontre au palais, de Jessica Gilmore - N°4373

Emilia retient son souffle tandis qu'elle découvre le palais royal d'Armaria. Le bal d'été qu'elle est chargée d'organiser au château restera dans les annales, c'est certain ! Aussitôt, elle se met à l'ouvrage, résolue à se montrer à la hauteur de l'événement. Lorsqu'elle rencontre un bel inconnu dans les jardins secrets, elle croit vivre un conte de fées. Se pourrait-il qu'elle ait trouvé l'amour dans ce lieu enchanteur ? Rien n'est moins sûr, car celui qui a fait chavirer son cœur n'est autre que Laurent, le souverain d'Armaria. Un homme qui lui sera à jamais inaccessible…

Ce patron si secret, de Susan Meier - N°4374

SÉRIE : *LES MILLIARDAIRES DE MANHATTAN* - 3/3

La vie de Danny Manelli ne sera plus jamais la même. Il vient de découvrir qu'il est l'un des héritiers d'un milliardaire mais surtout, qu'il a un fils de deux ans ! Parce qu'il ne connaît rien aux enfants, Danny s'empresse de recruter une nourrice, en la personne de Marnie Olsen. Si la jeune femme se révèle parfaite auprès du petit garçon, elle est bientôt source d'inquiétude pour Danny. En effet, le désir qui le pousse vers elle est aussi intense que malvenu. Et puis, il a l'impression que Marnie lui dissimule un secret…

Liaison à Saint-Pétersbourg, d'Abby Green - N°4375

SÉRIE : *LA DYNASTIE MARCHETTI* - 2/3

Un inconnu d'une beauté à couper le souffle. Sans réfléchir, Zoe saisit son appareil pour le prendre en photo. Un bien mauvais réflexe, car l'Apollon se révèle être Maks Marchetti. Un homme d'affaires qui, poursuivi depuis toujours par les paparazzis, tient à tout prix à préserver sa vie privée. Malgré leur rencontre houleuse, Zoe et Maks sont immédiatement liés par un désir intense et entament une liaison dont ils savent qu'elle sera éphémère. Seulement, à mesure que Zoe passe du temps dans les bras de son amant, à Saint-Pétersbourg ou Venise, elle sent poindre en elle des sentiments interdits…

La tentation d'une innocente, de Jackie Ashenden - N°4376

SÉRIE : *LA COURONNE D'AXIOS* - 2/2

Avec humilité, Anna pénètre dans le palais royal d'Axios, une forteresse médiévale nichée au pied des montagnes. Et dire que c'est dans ce lieu grandiose et chargé d'histoire qu'elle vivra, avant d'entrer dans les ordres ! Pour une raison qu'elle ne s'explique pas, elle a en effet été recommandée par la mère supérieure auprès du roi lui-même pour être la préceptrice de la princesse sa fille. Est-elle seulement qualifiée pour le poste ? Les doutes d'Anna grandissent encore lorsqu'elle fait la rencontre du souverain. Car Adonis Nikolaides éveille aussitôt en elle un trouble inédit, intense… et interdit.

Une exquise vengeance, de Tara Pammi - N°4377

Le plan de Riya est simple : faire croire à Nathaniel Keys qu'elle s'apprête à vendre le manoir familial pour l'obliger à revenir au domaine et faire la paix avec son père. Elle ne supporte plus de voir le vieil homme, qui l'a élevée comme sa propre fille, souffrir de l'absence de son fils unique. Ce qu'elle n'avait pas prévu, c'est que l'adolescent d'autrefois se serait mué en homme impitoyable. Un homme qui, furieux d'avoir été piégé, a pris le contrôle de l'entreprise qu'elle a créée et menace aujourd'hui de licencier tous ses employés. Malgré elle, Riya doit se rendre à l'évidence : elle est à la merci de Nathaniel. Et, à en juger par la lueur prédatrice qui brille dans son beau regard azur, elle devine qu'il entend profiter pleinement de sa vengeance…